L'ENFANT DES ILLUSIONS

DU MEME AUTEUR

Un été sans miel, L'Archipel, 2004.

KATHY HEPINSTALL

L'ENFANT
DES ILLUSIONS

traduit de l'anglais (États-Unis)
par Cécile Leclère

l'Archipel

Ce livre a été publié sous le titre
Prince of Lost Places
par Putnam, New York, 2003.

Une première édition de ce livre
a paru sous le titre
Dors bien mon petit prince
aux éditions France Loisirs.

Si vous désirez recevoir notre catalogue et
être tenu au courant de nos publications,
envoyez vos nom et adresse, en citant ce
livre, aux Éditions de l'Archipel,
34, rue des Bourdonnais 75001 Paris.
Et, pour le Canada,
à Édipresse Inc., 945, avenue Beaumont,
Montréal, Québec, H3N 1W3.

ISBN 2-84187-720-5

À Grace Peddy Cooley,
tante bien-aimée,
et amie de la littérature.

Quand je ne serai plus là, vous rechercherez dans ma vie une explication à ce que j'ai fait. Vous parlerez avec mes voisins, vous lirez mon courrier non ouvert. Vous perdrez votre temps. Demandez plutôt aux enfants. Si j'avais pu, je les aurais tous emmenés avec moi.

Je n'ai aucun regret.

1

Le détective détestait que l'on observe son visage. Un coup d'œil en coin, puis un autre, plus appuyé, en direction de la cicatrice. Rose tirant sur le rouge, en forme de feuille. Il s'était battu dans un bar, un soir, complètement saoul, et quelqu'un lui avait donné un coup de couteau sur la joue. D'habitude il portait la barbe pour cacher la cicatrice, mais de temps en temps il la rasait, en espérant que le regard des gens serait redevenu normal. Et pourtant, devant lui, à la porte, cet homme, secoué par le chagrin, rongé par l'inquiétude, se permit un regard curieux avant de détourner les yeux.

— Vous êtes le détective ? demanda l'homme.
— Oui.
— Je suis David Warden.

L'homme sur le pas de la porte, séduisant, avait des cheveux foncés, une barbe de quelques jours. Le détective lui serra la main et le suivit dans le salon. L'homme ne l'invita pas à prendre un siège ; au lieu de cela, il ralentit le pas et s'écarta. Le détective était habitué à ce genre de comportement, les gens s'en remettaient à lui, comme s'il pouvait établir où se trouvaient les êtres aimés d'après l'angle des stores vénitiens, l'imperfection du lambris, la couleur d'un abat-jour. Il s'exécuta, parcourut la pièce, observa la cheminée, les canapés bleu foncé, les rideaux de chintz qui pendaient, immobiles, devant la fenêtre. Un unique tableau couvrait la moitié du mur au-dessus de la cheminée. Il représentait un vaste littoral, un océan agité surmonté d'un globe solaire dans un coin, qui avait versé une goutte de jaune dans la mer bleue, la teintant d'une bonne dose de vert. Au loin, dans ce paysage, il distingua la minuscule silhouette d'un cavalier.

— C'est Martha qui a acheté ça, à une de ces ventes d'artistes maudits, dit l'homme. Le matin, elle s'asseyait là pour boire son thé en le contemplant. Personnellement, je n'y tiens pas beaucoup.

Le détective hocha la tête, enfonça les mains dans ses poches de pantalon et ne dit rien. Ses doigts se mirent à tripoter un vieux papier d'emballage au fond d'une poche.

L'homme fit demi-tour et le guida jusqu'à la cuisine. Dans l'évier s'empilaient des assiettes, la table débordait de courrier et, dans un bourdonnement, le répondeur clignotait avec obstination.

12

— Pardonnez le désordre, dit-il. Je ne suis pas très doué pour la vie de célibataire.

Pour toute réponse, le détective se contenta de hausser les épaules, mais ses yeux enregistrèrent le moindre détail, même l'ironie et le léger accent de colère dans le mot « célibataire ». Le désordre dans une cuisine d'homme donnait en général un sentiment de permanence, et si les plats s'accumulaient dans l'évier, ils avaient une sorte de stabilité inhérente, comme des statues, ou des arbres. Mais ici, les casseroles étaient encore sur la cuisinière, entassées les unes sur les autres, exhalant des effluves d'un chili con carne desséché. Cet homme devait tenir son bureau propre comme un sou neuf. Mais restaurer l'ordre dans la pièce sur laquelle régnait autrefois sa femme aurait été un premier pas vers l'acceptation ; l'homme était loin de cet état d'esprit.

Le détective le suivit à travers le salon, puis dans l'escalier d'acajou, jusqu'au premier étage. Ils s'arrêtèrent devant la porte au bout du couloir.

— C'est la chambre de mon fils.

— Duncan ?

— Oui.

Le store à la fenêtre était levé, le soleil se répandait sur le tissu qui recouvrait le lit une place, contre le mur opposé. C'était une chambre de garçon typique, un assortiment de peluches, de posters, de jeux vidéo. Des boîtes de puzzles étaient empilées sur un bureau en plastique rouge ; une figurine posée sur la boîte du dessus brandissait un sceptre orange.

Le détective ouvrit la porte du placard et en étudia le contenu.

— A-t-elle pris des vêtements ?

— Quelques-uns. Et certainement des jouets. Je ne sais pas si elle a pris des petits soldats, il en avait tellement.

L'homme ouvrit un tiroir d'où il sortit une poignée de figurines vertes.

— Regardez, fit-il, comme s'il s'agissait de preuves. Regardez !

Tout à coup, il les lança contre le mur. Elles retombèrent sur le sol, selon leurs poses variées.

Le détective ne dit rien.

— Elle est malade, dit l'homme. Elle a perdu l'esprit. Elle n'est pas en état d'errer dans la nature.

Il ramassa les soldats et les remit à leur place, dans le tiroir.

Ils traversèrent le couloir pour rejoindre la chambre du couple, vaste et à peine décorée : quelques meubles en bois de rose, deux lampes de chevet, un tapis en poils de chèvre. Le détective se mit à jouer avec celui-ci du bout du pied tandis que l'homme s'asseyait sur le lit.

— Je n'arrive pas à croire qu'ils sont partis, dit-il, la voix tremblante. C'est vrai, à un moment, tout le monde est là. Puis, un matin, on se réveille et… voilà. On se pose des questions sur Dieu, après ça. Vous croyez en Dieu ?

Le détective eut un haussement d'épaules, il s'approcha d'une des tables de nuit et saisit une photo encadrée.

— De quand date-t-elle ? demanda-t-il.

— Elle a trois mois.

Le cliché montrait une autre version de l'homme qui se tenait devant lui. Le sourire était tranquille, confiant. Les cheveux soigneusement peignés, la cravate droite. La femme à côté de lui était petite et très jolie. Le visage de trois quarts, les yeux brillants, rien dans son expression ne suggérait un plan pour abandonner le navire, quitter la maison, s'évaporer, disparaître. Et le garçon. Le corps légèrement penché. Les mains écartées, formant un angle bizarre. La bouche ouverte, comme surprise au milieu d'un cri, poussé dans le but de contrarier l'obturateur à l'instant parfait. Deux secondes après cette photo, il avait sûrement quitté les genoux de sa mère pour bondir à l'autre bout de la pièce, vers quelque chose de plus intéressant. Le détective se souvint d'avoir pris son propre fils en photo, des années auparavant. Pour les garçons, poser devant l'objectif, c'était comme passer un moment dans une église. Ennuyeux, avec l'obligation de respecter quelque chose d'invisible.

Le détective reposa le cadre.

— Je vais devoir parcourir les papiers de votre femme… ses lettres, son journal intime. Ses ordonnances médicales. Chèques annulés. Cartes de crédit. J'ai besoin de vos relevés téléphoniques pour ces deux derniers mois. Il faut me dire où elle travaillait. Quelles étaient ses habitudes. Je vais devoir interroger ses amis. Il me faut aussi une description complète du véhicule, les pneus, les feux arrière, les auto-collants, tout.

L'homme acquiesça, mais il paraissait plein de ressentiment, comme s'il s'en voulait d'avoir permis à un inconnu de lui tenir le menton pour étudier ses yeux larmoyants.

— Vous étiez flic, avant ?

Le détective se raidit. David Warden connaissait peut-être son histoire.

— Oui. Il y a quelques années de cela.

— Pourquoi êtes-vous devenu privé ?

Il ne répondit pas.

— Il paraît que vous êtes doué pour ce métier. Le meilleur. Il paraît que vous avez une compréhension incroyable des gens. Que vous êtes un véritable caméléon lorsque vous êtes sur une affaire.

— Peut-être. Mais je n'ai pas été capable d'adopter une couleur qui plaise à mon ex-femme.

L'homme ne sourit pas.

— Je ne vous engage pas seulement pour que vous la retrouviez. Il faut que vous la rameniez. Peu importe ce que ça coûte. Peu importe ce que vous devrez faire. Je vous ai engagé parce qu'on dit que vous êtes le meilleur.

Le détective eut une pensée pour la femme sur la photo, et pour le garçon. À eux deux, ils dégageaient une telle vitalité. Pas étonnant que la maison paraisse sombre, sans eux.

— Elle est très fragile, dit l'homme. Elle était une bonne mère, elle l'est toujours, à l'entendre. Je l'aime. Vous avez déjà aimé quelqu'un qui a perdu l'esprit ?

L'homme tremblait. Ses mots sortaient trop vite, se bousculaient. Son regard semblait perdu dans le vague.

— Je ne sais pas si j'ai déjà aimé quelqu'un qui avait perdu l'esprit, murmura enfin le détective. Mais quand je suis amoureux, je crois être pas mal fou moi-même.

2

Je pensais que je me sentirais autrement en regardant brûler ce vieux break. Mon mari, David, l'avait acheté d'occasion, six ans plus tôt, juste après la naissance de Duncan. Cette voiture nous avait bien servi, et jamais je n'aurais imaginé me trouver là, à côté de mon fils, au milieu du désert, à regarder monter les flammes sous des étoiles si vives que je parvenais à voir les sièges noircir. Disons qu'en tant que femme, je me sentais un peu coupable, mais en tant que mère, j'étais exaltée. J'avais imbibé d'essence des journaux, que j'avais placés sur le siège avant et enflammés, sous les yeux de mon enfant, qui se tenait à distance. Puis je m'étais éloignée en courant, soufflant, haletant, sans bien savoir comment les flammes progresseraient à travers la voiture, ni si tout exploserait comme une bombe, m'expédiant au-dessus du figuier de barbarie aux fruits piquants. Le feu était déjà vif lorsque je rejoignis Duncan. Il était immobile. Je crus qu'il allait me demander ce que je faisais, mais il ne dit rien. Il était sûrement la dernière personne au monde à avoir encore confiance en moi. Je m'assis en tailleur sur le sol frais du désert, l'attirai sur mes genoux et nous contemplâmes ensemble l'incendie qui consumait la voiture. Lorsque le réservoir explosa, l'arrière du break carbonisé se souleva, comme s'il regimbait, dans un rodéo mettant en scène des voitures familiales. Alors Duncan lâcha un simple cri, très puissant, qui ne contenait aucune peur – une sorte de cri de guerre, en fait – et je sus qu'il n'avait jamais été aussi fier de moi. J'avais détruit quelque chose de si gros, et de quelle manière. Son père aurait pu l'emmener à un million de matches de base-ball, ça n'aurait jamais produit le même effet. Je sentais son cœur battre la chamade à travers mon corps, le vent nous faisait parvenir une odeur d'essence et, juste derrière, le doux arôme de la fleur de créosote. J'avais toujours cru que le mot « créosote » évoquait la combustion. Apparemment, c'est aussi le nom d'un arbuste du désert. Le vieux monsieur, mon co-conspirateur, m'avait un jour raconté qu'ici, dans le désert, l'arôme de la créosote flotte dans l'air après les pluies d'été. Si je devais un jour croiser sa route à nouveau, je lui dirais qu'un incendie peut libérer ce même parfum.

Comme le feu perdait de sa puissance, des cendres commencèrent à flotter hors de l'épave, encerclant nos têtes et s'abattant sur nous. Mes vêtements virèrent au noir sur-le-champ et, en me frottant le visage, je ne réussis qu'à écraser encore plus de cendres sur ma peau.

Là-bas, dans l'Ohio, on me prenait pour une folle. Les médecins, les voisins et même mon mari, qui en ce moment devait sans doute préparer un plan pour retrouver ma trace.

Mais cette histoire de folie était un mensonge. J'étais tout à fait saine d'esprit.

*

Il y a des siècles de cela, le Rio Grande était fort et sauvage ; aujourd'hui, affrontant la roche calcaire sur son chemin, il serpentait calmement vers la mer, suffisamment dompté pour notre canot gonflable. C'était notre deuxième journée sur le fleuve. Mon fils était avachi de l'autre côté de l'embarcation, face à moi, qui pagayais. Sous mes yeux défilait un paisible décor printanier : l'eucnide urticante et l'ocotillo en fleur, des nids de boue séchée peuplés d'hirondelles à front blanc. La plupart des fleurs m'étaient inconnues, malgré mon ancien métier de fleuriste. Je retrouvais peu d'espèces de l'Ohio. Duncan fredonnait une chanson, que je ne parvenais pas à reconnaître, un jingle qu'il avait dû entendre à la télé ou un morceau texan saisi au vol lors de notre traversée nocturne du Texas.

Nous pénétrâmes dans un golfe étroit, entre deux gorges, une couverture ombrageuse s'abattit brièvement sur le bateau, puis le fleuve dessina un coude, et nous retrouvâmes le soleil. Des rapides peu profonds nous emmenaient d'une rive à l'autre, nous catapultant du Texas au Mexique.

— N'est-ce pas incroyable, Duncan ? dis-je. Deux pays totalement différents, séparés de seulement quelques mètres.

— Je veux descendre ! supplia-t-il. Je veux aller au Mexique !

— Non, mon chéri, nous n'allons pas pouvoir nous arrêter avant un moment.

Il jeta un œil triste en direction de la rive étrangère, à moins de cinq mètres de là. Je tendis mon pied nu et vins donner un petit coup dans son genou.

— Tu ne t'ennuies pas, au moins ? lui demandai-je. C'est vrai, tu devrais être à l'école, en ce moment. En train de réduire des fractions ou d'apprendre une subtilité d'orthographe, ou alors en train de dessiner une vache ou autre chose. Ce serait vraiment nul, non ? Mais toi, tu n'es pas comme les autres. Tu as la chance de descendre une rivière avec ta maman. Combien de garçons de ton âge ont la chance de faire ça ?

— Aucun. Mais le père de Tommy a une ferme.

— J'ai entendu dire que les huissiers allaient tout saisir, répliquai-je.

— Quoi ?

— Rien. Mais tu t'amuses quand même, non ?

— Oui, maman.

Ses fossettes si prononcées renforcèrent un peu plus mon sentiment de culpabilité. J'avais menti à mon fils. Pas un petit mensonge de rien du tout, un mensonge aussi vaste que ces gorges. Mais la couleur revenait sur son visage, un petit peu. Lui qui était si pâle, dans l'Ohio.

— Je m'inquiète pour lui, avais-je confié à David, quelques jours après la tragédie.

— Et moi, je m'inquiète pour toi, avait-il répondu. Je me fais beaucoup, beaucoup de souci.

— Mais, et s'il était blessé, David ? Traumatisé à vie ? Comment puis-je l'aider après ce qu'il a vu ?

J'essayais de faire la vaisselle tout en parlant. Mes mains tremblaient. Je sentis un coup de couteau et, en sortant mes mains de l'eau, je constatai qu'une de mes articulations était en sang. Mon mari s'approcha de moi, il m'attrapa le bras et le tint en hauteur, pour laisser le sang couler.

— Ça va aller, murmura-t-il à mon oreille en me guidant vers la salle de bains. Reste calme. Rationnelle.

Voilà mon calme. Ma rationalité. J'avais abandonné David et ses conseils pour me tourner vers un fleuve dont le cours s'étirait au milieu de nulle part.

— Maman ! s'exclama mon fils.

Je suivis des yeux la direction dans laquelle pointait son doigt. La tête d'une minuscule hirondelle à front blanc apparaissait dans l'ouverture ronde d'un nid de boue.

— C'est un bébé oiseau ! dit Duncan en essayant de se mettre debout.

— Assieds-toi, chéri ! C'est une hirondelle. Savais-tu que des oiseaux géants survolaient ce fleuve autrefois, et que leurs ailes étaient si grandes qu'elles auraient pu recouvrir notre piscine, à la maison ?

Les yeux de Duncan se voilèrent. Il se cacha le visage.

— Les gros oiseaux n'existent plus maintenant, mon chéri, rectifiai-je très vite. Ce sont des fossiles, les fossiles ne peuvent pas te faire de mal.

J'avais minutieusement préparé nos bagages. J'avais des gamelles et des couvertures de survie. Une corde en polypropylène, des tapis de sol, des lainages, des comprimés d'iode, de la nourriture lyophilisée, de la moleskine, des ciseaux, de la ficelle, une canne à pêche, un paquet de cartes à jouer spécial Mistigri et un kit pour les chocs anaphylactiques. J'avais un camping-gaz, une montre à gousset cassée, deux vieux sacs de couchage en fibre Hollofil, un couteau de chasse, des lampes de poche, des lampes à acétylène, des betteraves en boîte, des Mars, des disques de John Denver, des allumettes et du corned-beef. J'avais un lecteur de CD à piles. Un sac à dos exclusivement rempli de bougies longue durée. Et les indications pour m'orienter sur ce fleuve, soufflées par un vieux monsieur, gravées dans ma mémoire. Depuis un jour et demi, je cherchais des points de repère. Un camp de pêche côté texan. Une île étroite divisant le cours d'eau en deux. Les vestiges d'une station de pompage, dont l'échelle était encore fixée, mais à laquelle il manquait plusieurs barreaux. Un virage serré du fleuve. Un canyon dans lequel deux rochers en forme de tête de vache créaient un rapide de catégorie II. Un arroyo abritant des pétroglyphes.

— Nous avons tout ce dont nous avons besoin, mon fils, déclarai-je à Duncan avec confiance, la voix peut-être un peu trop aiguë, le débit un peu trop précipité. Nous avons des provisions, et nous pourrons toujours nous nourrir de la terre. Des baies de genièvre, des fleurs de yucca, des cœurs d'agave.

— Je veux des spaghettis.

— Duncan, finis tes cœurs d'agave, ou tu seras privé de dessert.

Il me jeta un regard interdit.

— C'est une blague, précisai-je.

Il m'adressa un sourire, signifiant que ma tentative d'humour, à défaut de l'humour lui-même, était amusante, puis essuya la sueur sur son visage. En ce moment même, Duncan aurait dû se trouver dans sa classe de CP, qui ne se tenait plus dans le bâtiment principal, mais dans une annexe en tôle ondulée, du côté ouest de la cour. Lorsque l'instituteur écrivait au tableau noir, le bruit de la craie résonnait dans la ferraille, et lorsque les enfants allaient en récréation, ils n'avaient que trois mètres à parcourir pour atteindre l'aire de jeux.

Un peu partout dans le pays, des CP écri-vaient sur des ardoises. Des instituteurs arpen-taient les salles de classe. Des professeurs de gym soufflaient dans leurs sifflets. Des agents d'entretien poussaient lentement des seaux d'eau savonneuse dans des couloirs. Et l'odeur de ces seaux évoquait vaguement celle des hôpitaux. Elle s'infiltrait dans les salles de classe. En la respirant, les enfants pensaient aux jours où ils sont malades, aux inhalateurs et au sirop pour la toux.

Mais mon fils faisait l'école buissonnière, il dérivait sur le fleuve à mes côtés.

Un jour, à l'automne dernier, lorsque les cours avaient encore lieu dans le bâtiment principal, j'avais reçu un appel de l'école. Duncan était tombé de la cage à poules et s'était ouvert le menton. J'étais accourue aussitôt pour l'emmener chez le médecin, un homme au visage jovial, dont les lunettes ne cessaient de glisser sur son nez. Il fit trois points de suture au menton de Duncan et sourit en entendant son récit. Duncan lui expliqua qu'il avait fait la course avec trois autres garçons pour voir lequel arriverait le premier en haut de la cage à poules. Un groupe d'enfants s'était réuni pour les regarder. Duncan fut le premier à arriver au sommet. Il avait gagné.

— Et tu es tombé ? demanda le docteur.

— Non, pas à ce moment-là.

Il était tombé en se retournant pour voir si Linda le regardait. Linda était la petite fille qui vivait à côté de chez nous. Dans ce cabinet de médecin décoré de posters des Muppets, je m'imaginai la scène. Duncan se penchant pour apercevoir la fillette en son instant de gloire, ses doigts qui glissent, ses genoux qui passent à travers les barres, le monde à l'envers et ses dents qui claquent au moment où son menton heurte le métal. C'est ça, l'amour, mon fils.

— Et Linda te regardait ? voulut savoir le docteur.

— Non, dit Duncan en baissant la tête ; les points de suture lui donnaient l'air plus vieux, plus fatigué par la vie. Elle regardait une course sur les toboggans.

Sur le fleuve, mes muscles commençaient à souffrir d'avoir actionné les rames toute la journée. L'eau était calme, mon petit prince dormait, visage tourné vers les nuages changeants, ses paupières aux longs cils blonds closes. Quant à moi, j'avais à peine fermé l'œil, emplie de terreur à l'idée que mon mari nous rattrape.

Le métier de David était de chercher du pétrole. Il était doué. Il aurait pu en trouver dans un jardin zen. Tous les murs du bureau, chez nous, étaient décorés de photos de lui, portant un casque de chantier en Algérie, debout sous la pluie à Dubaï, rencontrant le président des Philippines. David arborait un air imposant, les mains derrière le dos, une expression polie sur le visage. Il n'aimait pas tellement les courbettes. Les gens l'ennuyaient, je pense. Je regardais ces photos quand il était loin, m'imaginant dans ces endroits exotiques.

Je savais qu'il n'était plus à chercher du pétrole, mais à notre recherche désormais, et bien qu'estimant avoir soigneusement effacé nos traces, j'étais découragée à l'idée qu'il puisse nous retrouver. Je me le représentais en train de faire les cent pas dans notre cuisine, de parler très vite au téléphone, d'interroger un voisin ou la jeune fille qui m'aidait à la boutique. Sur la table, il y avait des tasses, des assiettes, des bouts de papier sur lesquels il aurait pris des notes, griffonné des indices, des théories. J'aurais adoré que mon mari se trouve avec nous dans ce canot, en short à carreaux, pieds nus. Mais pour qu'il soit présent, il aurait fallu qu'il soit sain d'esprit, or il ne l'était pas, et peut-être ne le serait-il plus jamais.

*

Duncan se réveilla au moment où nous dépassions l'arroyo, dont les parois sèches abritaient les fossiles d'huîtres géantes que l'on m'avait dit de trouver, signe que nous approchions de la grotte. Le fleuve était bordé de roseaux. Entre les roseaux et les falaises, s'étirait une terre rocailleuse où se dressaient des arbres, des mesquites. Je sentis une brise sur mon visage et une vieille chanson de John Denver me revint, à propos de fleurs et de la sagesse des enfants.

— John Denver était un génie incompris, dis-je à mon fils. Comme ton Barney le dinosaure.

— Je déteste Barney ! s'écria-t-il avec une véhémence soudaine.

Duncan avait l'âge où l'on regrettait profondément avoir aimé Barney et il préférait qu'on ne lui rappelle pas les heures qu'il avait pu passer devant la télévision, fasciné.

— Tu aimes qui, maintenant ? lui demandai-je.

— Toi.

Il savait qu'il avait donné la bonne réponse, la réponse parfaite d'un fils à sa mère ; il attrapa son pied et se balança contre le bord du bateau, content de lui.

— Tu es mignon.

Je sentais les horreurs de l'Ohio m'abandonner, les canyons du Texas et du Mexique planaient sur nous comme des parents protecteurs, couple mixte ayant donné naissance au vent pur, aux cactus, à l'eau vive et au cinabre.

Le désert recelait des dangers primitifs. Crues soudaines, serpents à sonnettes, gelures, rochers branlants, pumas, insolations, épines de cactus, feuilles piquantes d'agaves lechuguilla. Depuis des siècles, les mères savaient ce qui les attendait, ici. Elles n'étaient pas aussi désarmées que celles de l'Ohio. J'apprendrai à mon fils à faire attention. Je lui dirai : « Duncan, méfie-toi des feuilles à cinq côtés et des serpents à tête de losange. Ne mets pas tes mains dans des endroits bizarres. N'embête pas les bestioles qui se réchauffent au soleil. Bois beaucoup et ne dors jamais dans un cours d'eau à sec. C'est compris, fiston ? »

Et il hocherait la tête.

C'était un bon garçon, la plupart du temps. Tellement timide dans son amour pour Linda que j'en avais le cœur brisé. À six ans seulement, elle avait déjà un penchant pour les robes délicates et vaporeuses et ne se séparait jamais de son sac à main blanc couvert de coquillages. Elle avait un visage d'ange, des cheveux blonds et indisciplinés et une façon de marcher qui laissait entendre que le monde était une conquête facile ; un endroit vaste et idiot, amoureux des jolies filles, et les récompenses étaient infinies. Elle faisait des allers et retours sur le trottoir avec son landau plein de poupées. Les fois où elle le poussait trop fort et où le landau se retournait, ses cris délicats précipitaient Duncan hors de la maison et il ramassait ses poupées tandis qu'elle se tenait à côté, à lui aboyer des ordres. J'aurais voulu dire à mon fils de ne pas s'amouracher de filles comme elle, qu'avec ses poupées, elle ne lui vaudrait que des ennuis, qu'elle serait toujours la chef et lui le serviteur.

Duncan avait une collection de petits soldats avec laquelle il jouait dans l'allée, il les divisait en régiments, les envoyait en missions secrètes. C'étaient des hommes courageux, stoïques dans leur position figée qui, l'après-midi passant, progressaient dans l'allée, centimètre par centimètre, laissant derrière eux les flaques, les aiguilles de pin et les jouets abandonnés. Linda arrivait, vêtue de sa robe vaporeuse, pour interrompre ces jeux. Elle arrêtait l'armée, assignait les soldats à des fonctions qui n'avaient rien à voir avec la guerre, selon son bon vouloir. Un jour, elle avait même pris une paire de ciseaux à ongles et coupé les bras d'un soldat ; il avait perdu ses mains en plastique et le fusil qu'elles tenaient.

— Regarde ce que tu as fait ! avait protesté Duncan. Il ne peut plus se battre !

— Il en avait marre de se battre, avait répondu calmement Linda. Il veut danser.

Je me demandais pourquoi mon fils était incapable de se défendre. *Pose ce soldat ici*, ordonnait Linda, *et celui-là, là. Les militaires doivent monter la garde autour de mes poupées.* Parfois, quand un des hommes en plastique éveillait son intérêt, elle le glissait dans son sac à main aux coquillages et l'emmenait vivre chez elle, en captivité sur son bureau rose ou au fond de son placard. À un moment, j'avais été obligée de me rendre chez les voisins pour expliquer à la mère de Linda que le bataillon de Duncan avait été si rudement décimé par ses larcins qu'il ne pouvait plus protéger son flanc.

Le bateau heurta un rocher, Duncan sursauta.

— Tout va bien, mon chéri, on y est presque. Je t'ai pris trois petits soldats, je savais que tu les voudrais.

Il croisa les bras, baissa les yeux.

— Qu'y a-t-il, mon chéri ?

— Rien.

— Papa te manque ?

Mon cœur s'accéléra à cette question.

— Pas encore.

Il était habitué à ses absences. Avant, je me demandais si Duncan était différent des autres à cause de son père, si souvent parti. Peut-être y avait-il quelque chose dans la façon qu'avait un père d'attraper son fils et de le chatouiller brutalement sur le ventre qui instillait assez de confiance pour empêcher une fillette de voler ses soldats.

— Linda me manque, dit Duncan.

Ses yeux se remplirent de larmes et je me rendis compte de mon erreur. En mentionnant ses soldats, je lui avais rappelé la jolie petite voleuse blonde.

— Oh, mon chéri, dis-je en posant ma rame pour caresser son visage frais.

Cela faisait presque trois semaines que Linda était morte.

3

Je possédais une boutique de fleurs à cinq rues de chez moi, sur une artère qui incluait une crémerie, un pressing et une petite épicerie, qui vendait de minuscules artichauts apparemment aussi inoffensifs que des moineaux, mais piquants au toucher. Un vieux monsieur venait dans ma boutique une fois par semaine pour acheter un bouquet. Il vivait seul. Non pas une, mais deux femmes étaient mortes dans ses bras, et désormais il préférait les brassées de tulipes ou d'œillets, qu'il emportait chez lui et arrangeait dans un vase plein d'eau, à laquelle il ajoutait un comprimé d'aspirine. Les fleurs l'aidaient à se souvenir de l'étrange rire débordant de sa première femme ou des peignoirs fleuris de la seconde, qui cachaient ses genoux, mais pas la tache de naissance à l'intérieur de son mollet. S'il fixait assez longtemps le bouquet, il était capable de se remémorer certaines scènes : un pique-nique au printemps, le givre autour d'un bac de crème glacée, une poire mûre, une unique goutte de lait chaud quittant le bout d'une tétine de biberon pour glisser le long d'un poignet.

Il avait une théorie selon laquelle les êtres aimés ne meurent pas tout seuls ; nous les laissons mourir. Nous enfreignons une règle quelconque, et voilà. Peut-être cela se produisait-il lorsqu'on épluche une carotte plus que nécessaire et qu'une lamelle de chair tombe dans l'évier. On ne peut pas savoir, disait-il.

Bien entendu, le vieillard était dérangé, c'était du moins ce que je croyais. Un jour, comme j'enregistrais sa commande, il jeta un coup d'œil aux roses roses, derrière la vitre du réfrigérateur, et dit : « J'ai vu des serpents roses. »

— Des serpents roses ? dis-je, tandis qu'apparaissaient les chiffres sur ma caisse enregistreuse. Je n'ai jamais entendu parler d'une chose pareille.

— On les appelle des « serpents fouets », dit-il. On les trouve sur les routes du Texas, en bas, près de la frontière. On dirait des bonbons, tellement ils sont roses, expliqua-t-il.

— Vous avez vécu au Texas ? demandai-je.

— J'ai vécu près du Rio Grande, dans le désert de Chihuahua, dans une grotte.

Il lissa le papier froissé autour des tulipes. Il les aimait entourées de raphia.

— Je suis allé là-bas à la mort de ma seconde femme.

— Vous y avez vécu combien de temps ?

— Deux ans.

— Mais pourquoi choisir de vivre dans une grotte ?

Il ne répondit pas tout de suite. Il renouait les rubans qui maintenaient les fleurs ensemble.

— Vous seriez surprise de voir à quel point c'est facile, remarqua-t-il.

— Pourquoi êtes-vous revenu ?

— Mes femmes n'arrêtaient pas de se chamailler. Elles étaient jalouses.

Je cillai.

— Je croyais que vos femmes étaient mortes.

Il sourit.

— Dans le désert, tout est possible.

Ce jour-là, j'avais pensé au vieil homme toute la journée, essayant de m'imaginer la grotte et le désert. Je voulais rentrer chez moi pour en parler à mon mari. Mais il n'était pas là. Il était encore en voyage.

J'avais rencontré David dans une librairie à Atlanta, où je travaillais comme caissière. J'étais toujours à la fac, je suivais des études de philosophie et d'infirmière, deux matières opposées, l'une rêveuse, l'autre pratique. Je sortais avec un étudiant en photo-journalisme du nom de Leonard, qui fabriquait sa propre bière et voulait vivre sur la côte est du Nicaragua, un jour. Il était borné et didactique, et lorsqu'il exprimait son point de vue sur la politique et la guerre je ne pouvais placer un mot. Pourtant, il tenait à moi, et m'avait même offert une bague, pas exactement une bague de fiançailles, mais pas loin, et nous avions évoqué un mariage sur une plage.

Je travaillais dans cette librairie quatre soirs par semaine, et cette activité, associée à une bourse, me rapportait suffisamment d'argent pour me permettre de louer un petit studio près de l'université. J'adorais travailler à la librairie. Les gens se montraient toujours sous leur meilleur jour lorsqu'ils cherchaient un livre ; je guettais leurs visages quand ils ouvraient celui qu'ils avaient choisi et parcouraient des pages connues d'eux seuls. Cet air d'admiration, d'ennui ou de concentration studieuse. Comme lorsqu'on rencontre un inconnu et que l'on décide ce qu'on pense de lui d'après l'expression de son visage ou ses premiers mots. Après le départ du dernier client, j'errais dans l'obscurité du magasin, en contemplant les innombrables rangées de livres. Tant d'histoires planaient autour de moi, chacune dotée de son dieu dominant, de ses tragédies, de ses frontières et de ses buts ; elles habitaient les rayonnages comme des maisons se partagent des rues étroites. J'étais chargée de fermer le magasin ; en fait, je lisais toute la nuit et étais trop fatiguée pour aller en cours au matin. La vie des livres devint pour moi la vie que l'on devrait mener et toutes les émotions qu'ils contenaient, celles que j'aurais dû éprouver. Je commençais à regarder Leonard en me demandant si mon amour pour lui était assez bon, pas seulement pour moi en tant que femme, mais en tant que personnage de fiction. Et notre histoire était-elle à la hauteur de celles des livres autour de moi ?

C'était ma dernière soirée avant les vacances de Noël, un jeudi. Le temps s'était gâté ; à chaque fois qu'un client entrait, une rafale de vent traversait la librairie et faisait frissonner mes mains, à la caisse. L'air froid semblait avoir fait disparaître l'esprit de Noël ; les clients feuilletaient les livres avec impatience, comme agacés par la brise produite par le mouvement des pages.

L'heure de la fermeture approchait, une queue s'était formée, qui allait jusqu'au présentoir des revues, et les gens commençaient à ronchonner. Je travaillais aussi vite que je pouvais, mais la queue s'allongeait. Une dame âgée, ses cheveux blancs ébouriffés, une broche rouillée sur la poitrine, glissa un beau livre sur les fleurs de Georgie sur le comptoir en me demandant son prix.

— Il n'a pas d'étiquette, expliqua-t-elle.

— C'est écrit au dos, lui dis-je en retournant le livre. Vingt-trois dollars.

— Oh, ce que c'est cher ! lâcha-t-elle d'une voix déçue.

— Je suis désolée, c'est un beau livre. Ils sont plus chers que les autres, en général.

— C'est un ouvrage magnifique. J'ai regardé toutes les illustrations. Avant, j'avais des belles-de-nuit dans mon jardin, exactement comme sur la photo.

— Je suis désolée, répétai-je, impuissante.

Je lui aurais bien offert ce livre, mais j'avais à peine assez d'argent pour me permettre

37

d'acheter mes propres cadeaux de Noël. J'avais envie de lui dire que moi aussi, j'adorais les fleurs, surtout les volubilis, mais des autres clients provenait un murmure vague, signifiant que l'attente avait assez duré.

— En voulez-vous un autre ? demandai-je à la femme. Il y a d'autres livres, moins chers, sur les fleurs de Georgie.

Je parcourus rapidement la file des yeux, elle s'étirait désormais au-delà du rayon des magazines.

Elle hésita.

— Non, ça ira. C'est celui-ci que je veux.

Pourtant elle ne bougeait toujours pas. Elle fixait le livre comme si, en se concentrant assez, elle parviendrait à en réduire le prix.

— Hé ! fit une voix grave et agressive.

Je levai les yeux et vis un homme de grande taille qui tapotait sa grosse montre rouge d'un air insistant. Je l'avais déjà repéré dans la file un peu plus tôt.

— J'ai trois gosses qui m'attendent dans la bagnole. Vous le prenez ce bouquin ou quoi ?

La file retint son souffle, comme le font les gens qui préféreraient détourner le regard mais ne le peuvent pas. La vieille dame le dévisagea en clignant des yeux. J'ouvris la bouche, prête à dire quelque chose, mais un garçon aux cheveux foncés s'était matérialisé au côté de la femme. Il se tourna vers l'homme qui venait d'intervenir.

— C'est à ma grand-mère que vous parlez, déclara-t-il calmement.

Il regarda la femme.

— Je te le prends.

La vieille dame le regarda, bouche bée.

— Mais qui… commença-t-elle.

Le jeune homme poussa le livre dans ma direction.

— Allez-y, ordonna-t-il tranquillement. Encaissez.

Puis, en s'adressant à la vieille dame :

— Tu me prépareras une tarte, et nous serons quittes.

L'homme de grande taille, confus, avait regagné sa place dans la queue et les personnes assez proches pour avoir entendu l'échange contemplaient le jeune homme avec admiration.

Il me fallut m'y reprendre à trois fois pour ouvrir le tiroir-caisse. Mes mains tremblaient, bien que plus personne n'eût ouvert la porte depuis plusieurs minutes. Je fus enfin capable d'annoncer le total au jeune homme, il fit un chèque et tendit le livre à la femme, qui poussa un petit cri quand elle l'eut entre les mains.

— Merci ! Merci ! répétait-elle sans cesse et tous deux sortirent du magasin.

L'histoire de cette bonne action se répandait dans la file. Les gens souriaient et cette nouvelle humeur excluait tant l'homme de grande taille qu'il reposa ses livres et quitta la librairie.

Après la fermeture, je retrouvai le chèque et lus le nom qui y était inscrit. David Warden. Sous son nom se trouvait un numéro de téléphone. J'avais peur de ne plus jamais oser le faire si j'attendais. Je comptai l'argent dans la caisse, décrochai le combiné et écoutai sa voix.

J'étais amoureuse. Ce n'était pas le même amour que celui que j'avais éprouvé pour Leonard, confortable et ordinaire ; c'était le grand amour, épique, capable d'étirer les relations entre les Capulet et les Montaigu jusqu'au point de rupture, ou de périr à bord du *Titanic*. Je passais tout mon temps avec David et emménageai chez lui au bout de deux mois. J'ajoutai avidement ses habitudes quotidiennes à l'inventaire de sa générosité et de sa grâce. Il aimait manger des pizzas et regarder des vieux films de John Wayne. Après sa douche, il se séchait les jambes, mais pas les pieds. Et, au lieu de m'apporter des roses en bouquet, il en effeuillait les pétales parfumés et les mettait dans un carton de lait vide, qu'il plaçait dans le réfrigérateur en attendant que je les trouve toute seule.

Il n'y avait rien que je ne pouvais partager avec lui. Son visage s'assombrit un soir, lorsque je lui racontai la mort de mon père et mon sentiment de culpabilité. Une semaine plus tard, David me raconta son histoire, celle d'un petit frère, mort noyé, lors d'un pique-nique en famille. David avait alors douze ans. Son frère s'était éloigné sur les quais et personne ne l'avait vu disparaître sous l'eau, pendant que David jouait au football avec deux cousins plus âgés. Et je lus dans ses yeux, ce regret de toute une vie que je ressentais aussi. Cette question éternelle : et si nous avions agi autrement – nos êtres aimés seraient-ils encore avec nous ? Nous avions un lien particulier, nous étions tous deux marqués par des échecs en matière de vie et de mort, qui avaient fait de nous des repentants, à jamais.

L'été de son diplôme à l'université de Georgie, nous nous mariâmes et je le suivis à Houston sans terminer mes études. Je n'avais pas besoin de diplôme. Mes études d'infirmière et de philosophie se furent dissoutes dans le mariage, la seule carrière que je désirais embrasser. Quand je repense à ces premiers temps, je me rends compte qu'il avait toujours un air mystérieux, une certaine sensibilité distante surtout perceptible à ses retours de voyage. Mais lorsque nous faisions l'amour, il était de nouveau à moi, tellement proche de moi que nos histoires avaient les mêmes mots. Et parfois, quand j'ouvrais la porte du congélateur pour sortir le bac à glaçons, je le trouvais rempli de pétales de roses, jaunes, roses et rouges.

4

L'automne dernier, un homme pénétra dans un magasin du Vermont armé d'un AK-47 et tua onze personnes. Le même mois, un bus explosa dans le Kansas. En janvier, quelqu'un versa dans un lac de Georgie une substance qui empoisonna dix-sept personnes ayant mangé du poisson qui y avait été pêché. Début mars, en Floride, un agresseur non identifié abattit un médecin pratiquant l'avortement pendant que ce dernier se lavait les mains. Mais désormais, mon fils et moi nous tenions à l'entrée de la grotte et plus aucune de ces nouvelles n'importait.

Nous nous trouvions à quelques centaines de mètres au-dessus du fleuve. Sans savoir pourquoi, je m'étais imaginé cette grotte tout près de la rive. Mais alors, elle n'aurait plus été secrète, bien sûr.

Je tenais Duncan par la main, à la fois intimidée et forte, j'avais le sentiment d'avoir bien fait, de l'avoir emmené dans un endroit sûr, malgré les objections du monde. En même temps, cet espace sombre me terrifiait.

— C'est celle-là, la grotte où papa doit nous rejoindre ? demanda Duncan avec impatience, en lâchant ma main et en se glissant plus près de l'entrée, accroupi, pour mieux jeter un coup d'œil à l'intérieur. C'est ça, hein, c'est celle-là ?

— Oui, c'est ici.

Et ta mère, Duncan, est une menteuse. Papa ne va pas venir nous retrouver. C'est ce que je t'ai raconté pour que tu montes en voiture sans faire d'histoires.

Le vieux monsieur avait précisé qu'après l'entrée se trouvait ce qu'on appelait la zone d'ombre, où persistait encore une certaine lumière. Plus loin, nous trouverions l'obscurité totale, peuplée de créatures molles et aveugles, dont les veines étaient visibles sous une peau translucide. Rien d'effrayant ne vivait dans ces salles, rien que des formations de calcite si délicates que l'huile au bout de nos doigts suffirait à les tuer.

Le soleil disparaissait vite.

— On entre ? demanda Duncan.

— Dans une minute.

Je n'avais réussi à apporter qu'une partie de nos provisions. Le reste, et le bateau, étaient cachés dans un fourré de roseaux. J'avais tout de même pris les bougies et la lampe à acétylène. Mais l'intérieur paraissait si sombre… Mon cœur se mit à battre la chamade et, pour la première fois, je craignis de ne pas avoir le courage d'avancer plus loin, malgré tout le chemin déjà parcouru.

Duncan dansait.

— Allez, on y va ! On y va !

Il m'attrapa la main et se mit à la tirer.

— D'accord, d'accord ! dis-je en lui échappant. Je ne voulais pas que tu aies peur, c'est tout.

— Je n'ai pas peur ! s'exclama-t-il. C'est toi qui as peur ! Maman a peur ! Maman a peur !

— Très bien, si tu veux. Mais ne viens pas te plaindre si on se fait dévorer par des monstres.

Son sourire s'évanouit.

— Pardon, Duncan, me repris-je très vite. C'était une blague. Il n'y a pas de monstres. En plus, on a de la musique de John Denver. Les monstres le détestent.

Mes mains et mes pieds étaient glacés, mon pouls battait précipitamment. Je savais que, si je n'avançais pas tout de suite, je n'y entrerais jamais. Duncan serait obligé de vivre dans cette grotte tout seul, il viendrait rendre visite à sa mère à l'extérieur tous les jours, tandis qu'elle se recroquevillerait à la lumière. J'allumai la lampe à acétylène, mis le sac plein de bougies sur mon dos. L'entrée était si étroite que nous devions nous y faufiler l'un derrière l'autre. Très vite, le boyau se transformait en une sorte de couloir. Près de l'entrée, la lumière persistait suffisamment pour y voir, mais une vingtaine de pas plus loin, nous pénétrâmes dans une obscurité si épaisse que la lumière de la lampe ne parvenait pas à éclairer au-delà de quelques mètres. Je sentais l'odeur d'humidité des rochers, j'entendais respirer autour de nous. Le vieux monsieur m'avait avertie que les grottes respiraient, surtout avant une tempête, mais je dus tout de même faire une petite pause pour me calmer.

— Que se passe-t-il, maman ?

— Maman est un peu malade, parvins-je à articuler.

La lampe éclairait les cheveux blonds de Duncan et une concrétion tout près de mon épaule. Je bougeai le faisceau et constatai que la formation avait un éclat orangé et une consistance de cire fondue.

— Regarde ça, Duncan.

Aussitôt, sa main pâle s'élança, pour toucher. J'attrapai son bras.

— Duncan, qu'est-ce que je t'ai dit cent fois en venant ici ?

— On ne touche pas aux statues, dit-il d'un air morose.

— Exactement. Alors sois gentil.

Je lâchai sa main et nous reprîmes notre route. Je ne m'étais jamais enfoncée dans une telle obscurité ; lourde, elle avait une odeur de vieilles lettres humides ; quand j'inspirais, elle descendait dans ma gorge. Je m'y noyais, mes poumons réclamaient l'air pur et doux d'une prairie. Le vieil homme avait mentionné la présence de chauves-souris dans les grottes, en précisant qu'elles ne nous dérangeraient pas du tout.

— N'aie pas peur, maman, dit Duncan, comme s'il avait vécu là toute sa vie.

Son ton me réconforta et je me souvins que j'avais un sac à dos plein de bougies, mes armes dans la lutte contre l'hystérie. Nous avançâmes prudemment, la lanterne faisait apparaître des rochers, les parois lisses de la grotte et, de temps à autre, une flaque d'eau. Il y faisait frais, mais pas froid. Je frissonnai seulement quand je me rendis compte que j'étais entrée ici sur la seule base de la confiance, les seules indications en ma possession provenant d'un vieil homme qui n'était pas connu pour maintenir les femmes en vie.

Après un tournant les murs semblèrent brusquement reculer. Nos voix résonnèrent dans le noir.

— On doit être dans la salle principale, estimai-je.

— C'est quoi, la salle principale ?

— C'est une grande pièce.

— Où elle est, ma chambre ?

— C'est ici, ta chambre. Et la mienne aussi.

— Je ne veux pas que tu dormes dans ma chambre ! Je veux ma chambre à moi tout seul ! clama Duncan en tapant du pied.

— Pas de caprice, s'il te plaît. En général, les garçons qui vivent dans des grottes n'ont droit à leur propre chambre qu'à l'âge de dix ans.

Il se tut et je vis ses petits doigts s'agiter à la lueur de la lampe, il comptait les années avant de pouvoir échapper à sa mère.

— C'était une blague, Duncan. Quand papa sera là, on te trouvera peut-être une chambre.

Je sentis immédiatement une rougeur coupable me monter au visage pour m'être servie du conte de fées de l'arrivée de David pour apaiser mon fils.

— Il vient quand ?

— Je t'ai dit, mon chéri, il va falloir un peu de temps. Il a du travail à terminer, d'abord.

— Papa travaille tout le temps.

— Eh oui, c'est comme ça. Que veux-tu !

Je posai la lanterne et commençai à allumer des bougies, sans même m'arrêter pour voir qui de la lumière ou de l'obscurité remportait la guerre. Je grattai les allumettes, embrasai les mèches, puis installai les bougies de plus en plus loin les unes des autres.

— Maman ! s'écria Duncan.

Je m'interrompis pour regarder autour de moi. La grotte était inondée de lumière, j'étais à genoux dans un nouveau monde. Il y avait des concrétions de calcite partout : fistuleuses, stalactites, stalagmites, colonnes, draperies. Presque sur-le-champ, leurs formes en suggérèrent d'autres : voleurs, mendiants, princes, sages de tribus, dieux, brasiers, girafes, toutes sortes de mythologies, de natures, de religions. Trois lutins regardaient un faucon, sans voir le requin qui nageait derrière eux. Une sorcière léchait une sucette. Un poney égaré courait au galop sans que son tricorne s'envole. Et un voilier qui avait perdu la moitié de son mât poursuivait sa route sous un soleil dont les rayons grandissaient avec le temps.

Un lac de la taille d'un salon scintillait à ma gauche ; dans l'eau s'élevaient des concrétions de calcite – on eût dit des arbres. Je me mis debout et tournai sur moi-même dans la pièce chatoyante.

Un jour, il y avait longtemps de cela, j'avais vu un film dans lequel le monde entier se trouvait figé en pleine activité, ce qui permettait au héros d'empêcher de terribles événements. Je ressentais cette impression que l'histoire était en suspens, l'eau dégouttait des épées des pirates qui finiraient peut-être par décider, après des millions d'années, de déposer les armes.

— C'est magique, non ? dis-je enfin.

— C'est beau, acquiesça Duncan. Regarde toutes les statues !

— On appelle ça des stalactites et des stalagmites. Et ceux-là ont un autre nom. Des choux-fleurs, je crois. Mais tout est en calcite. C'est une pierre qu'on ne voit pas tous les jours.

Je m'approchai pour poser un baiser sur sa tête blonde, sentant contre mes lèvres ses cheveux adoucis par cette pièce rocheuse. Ma peur s'était envolée. Mon pouls battait régulièrement. Je me redressai.

— Voyons un peu ce qu'il y a dans le lac.

L'eau était si claire que nous pouvions en voir le fond, la lisse dolomie et les poissons qui filaient. Je pris la lampe torche à ma ceinture et l'allumai, orientant son faisceau vers les arbres de calcite, qui se parèrent d'orange. Si j'étais sortie à ce moment, j'aurais vu cette même couleur miel teinter le ciel.

— Wouah, fit Duncan. Ça fait peur.

Braquant le faisceau dans l'eau, je vis un poisson évoluer en cercles languissants.

— Regarde, chéri, le poisson n'a pas d'œil, fis-je.

— Pourquoi ?

— Il a grandi sans. De toute manière, il n'en a pas besoin ici.

— Nous aussi, on va perdre nos yeux ?

— Pas si on regarde où on va.

Duncan mit le doigt dans l'eau, mais le poisson ne parut pas s'en émouvoir.

— Allez, on ressort, on doit récupérer le reste de nos affaires, dis-je.

Mais mon garçon était si émerveillé que je dus le forcer à me suivre.

Un rai violet foncé striait le ciel orangé lorsque nous sortîmes de la grotte pour aller chercher nos provisions. Il me fallut plusieurs allers et retours pour tout transporter et arranger sur l'étagère de pierre, qui s'étirait sur trois mètres. Au fond de la salle, je distinguai un passage vers un autre espace, d'un noir d'encre, et je me demandai jusqu'où la grotte s'enfonçait. Peut-être jusque dans l'Ohio. David était peut-être au bout, en train de nous appeler. J'avais réussi à porter le camping-gaz à deux brûleurs depuis le fleuve. J'approchai une allumette, tournai un des boutons et regardai s'élever la flamme bleue.

Du coin de l'œil, je vis que Duncan se tenait tout près de la concrétion qui ressemblait à une sorcière léchant une sucette. Il était sur la pointe des pieds, dos à moi.

— Hé ! Qu'est-ce que tu fais ?

Il se retourna.

— Je goûte à la sucette.

— Duncan ! Je t'ai dit de ne toucher à rien !

— Tu as dit de ne pas toucher. Moi je *léchais.*

— C'est pareil. Alors arrête.

— Ça n'a pas le goût d'une sucette, dit-il, déçu.

Je sortis un paquet de saucisses de la glacière et les reniflai avec suspicion – la glace avait fondu le premier jour que nous avions passé sur le fleuve. Elles semblaient correctes ; je plaçai une poêle sur le brûleur et attendis qu'elle chauffe, en ouvrant un sachet de pain. Entre la nourriture que nous avions là et ce qui était encore dans le canot, nous avions de quoi tenir un mois ou deux. Après ça – je ne savais pas. Je n'avais pas prévu. Mais le vieil homme m'avait raconté avoir pris des poissons-chats dans le fleuve. J'avais apporté du fil de pêche et un hameçon, mais je me sentais désemparée. Je n'avais pas pêché depuis l'enfance.

— Maman ? fit Duncan

— Quoi ?

— Papa va peut-être se perdre en nous cherchant.

Je ne voulais pas garder le silence trop longtemps, mon fils risquait de devenir soupçonneux.

— Ne sois pas bête, dis-je enfin. Ton père est fort, il va nous trouver.

Duncan s'affala à côté de moi.

— J'espère qu'il m'apportera mon cosmonaute, je l'ai oublié.

Les saucisses se mirent à grésiller. Je baissai le feu, tout en me rendant compte que je devais considérer cet endroit comme entièrement séparé du monde, séparé de David. C'était notre nouvelle vie sans lui. Je le dirai à Duncan un jour, quand il sera prêt.

— On peut prendre des photos ? demanda Duncan. Bobby ne me croira jamais. Il va me traiter de menteur.

Mon cœur se serra. Il n'avait pas compris que c'était sa maison, maintenant, que ces gamins, dans l'Ohio, grandiraient sans lui. Duncan était un garçon intelligent, je redoutais ses questions.

— N'écoute pas Bobby, il dit n'importe quoi.

Espérant le distraire, je fouillai dans mes poches.

— Regarde ça, fis-je en lui montrant une pièce d'un cent. Tu vois comme il est foncé et vieux ? Eh bien, la poudre de ces pierres est magique.

Je grattai un peu de poussière avec mes ongles et la répandis dans ma paume. Je plaçai le cent dessus et frottai mes mains l'une contre l'autre. Duncan se pencha, les yeux fixés sur mes mains.

J'arrêtai de frotter, léchai la pièce et la montrai à Duncan.

— Tu vois ? Propre comme un sou neuf !

— Comment tu as fait ? s'écria-t-il.

— C'est de la magie, répondis-je.

Aussi connue sous le nom de « propriété restauratrice de la dolomite ». Je ne pourrai pas remplacer longtemps un père absent par une pièce brillante.

Je ne savais pas combien de temps s'était écoulé. Nous entendions un hibou hululer à l'entrée, mais l'espace autour de nous était silencieux. J'ôtai mon tee-shirt, mon pantalon et marchai pieds nus sur les pierres lisses menant au lac, suivie par mon fils nu. Je plongeai un orteil dans l'eau froide, progressai d'un palier, puis d'un autre, jusqu'à ce que l'eau m'arrive à la poitrine. Je baissai les yeux et distinguai clairement mes ongles de pied.

Duncan restait timidement au bord de l'eau. Je tendis les bras vers lui.

— Viens par là, chéri.

— C'est froid ? demanda-t-il, avec hésitation.

— Oui. Mais tu vas t'y habituer.

Un souvenir me revint : Duncan, debout au bord de la piscine, dans le jardin, en larmes, et David, de l'eau jusqu'à la taille, qui lui faisait signe de le rejoindre.

Duncan quitta le bord et s'élança dans mes bras.

— C'est bien ! m'écriai-je.

— Ah ! fit-il en sentant la froideur de l'eau.

— Ça va aller, l'assurai-je en décrivant lentement des cercles dans le lac, sans le lâcher. C'est déjà mieux, là, non ?

J'avais allumé le lecteur CD, la musique de John Denver glissait jusqu'à nous. Un son fluide, doux et lisse. Encore mille ans et il creuserait ces parois pour se tailler un lent chemin vers la mer.

Duncan rit en s'agitant dans l'onde claire où je le soutenais.

— Tu veux aller sous l'eau ? demandai-je.

C'était un truc que nous pratiquions dans notre piscine, chez nous.

Il hocha la tête ; nous prîmes une grande inspiration et nous enfonçâmes sous la surface, suspendus là tous les deux, dans une eau si pure qu'elle n'avait aucun goût. Les mèches blondes de mon fils flottaient autour de son visage, ses joues étaient pleines d'air précieux, sa peau blanche comme la neige. Je relâchai de l'air, envoyant un jet de globes parfaits dans l'eau, mais Duncan garda le sien. Nous remontâmes ensemble, crevant la surface pour revenir à la lumière vacillante.

Les bougies brûlaient toujours, la cire s'était accumulée à leur base. Dès le lendemain, nous serions obligés de les rationner et de nous contenter de la lumière d'une seule pour la nuit. Nous nous allongeâmes ensemble sur nos sacs de couchage, et Duncan dormit bientôt à poings fermés ; je sentais sa respiration sur ma nuque. Un jour, il grandirait et irait raconter à un psy que sa mère l'avait séquestré dans une grotte et forcé à écouter la musique de John Denver. Mais je ne me repentais pas. Il était sain et sauf, après tout. J'écoutais sa respiration et celle, plus ancienne, plus sage, plus sourde, de la grotte. Des vagues blanches traversaient le plafond, des vagues de dolomite si vastes qu'elles auraient pu raviver un million de pièces de monnaie.

De l'eau s'écoulait dans le lac depuis une branche de calcite.

La calcite, dans sa forme la plus pure, donnait de la craie.

Dans l'autre monde, les professeurs se servaient de la craie pour écrire des nombres au tableau. Des élèves les recopiaient sur leurs ardoises. Plus tard, des agents d'entretien passeraient l'éponge sur le tableau, jusqu'à ce que les nombres disparaissent, mais l'eau continuerait à couler. À dégouliner sur les murs.

5

Après la mort de Linda, je n'arrivais plus à dormir. Je plaçai des doubles verrous sur toutes les portes et fenêtres, je jetai le courrier, soudai la boîte aux lettres, passai mes doigts dans la farine avec une suspicion soudaine. Était-il facile d'empoisonner la farine ? Les épiceries étaient-elles des endroits sûrs ? Les caissiers – d'où venaient-ils, à qui en voulaient-ils ? Et ce cheval mécanique, à l'extérieur, celui sur lequel les enfants pouvaient monter moyennant une petite pièce – et si ce cheval était équipé de fils secrets, un bleu, un rouge, menant à l'arrière du magasin, attendant d'être connectés par un monstre sans visage ?

La nuit, je regardais par la fenêtre depuis une chambre à l'étage et je voyais Linda, en train de jouer à la lumière des réverbères, où tourbillonnaient de minuscules insectes ailés. Et quand les petites bêtes descendaient, elles ne se posaient pas sur elle mais trottaient au bout de ses cheveux indisciplinés, comme elle se baissait pour renouer un lacet. Je ne pouvais pas parler à David du fantôme de Linda. Il refusait d'évoquer sa mort.

— Martha, disait David. Viens te recoucher, tu as besoin de sommeil.

— Il faut que je surveille Duncan.

— Mais non.

— Et s'il y a un incendie ? lui demandai-je un soir. Si nous nous endormons et que la maison brûle entièrement ? Et si quelqu'un avait empoisonné le pain que nous avons mangé au dîner ? Et les catastrophes ? Je connais une femme dont le fils s'est couché avec la fièvre et qui, le lendemain matin, était mort. Et il y a les météorites. Il en tombe sur terre plus souvent que tu ne le penses. Les boas constrictors. Sais-tu qu'ils s'échappent parfois des zoos ? Après, ils vivent sous les porches et peuvent atteindre dix mètres de long. J'ai vu des pompiers au journal télévisé, l'an dernier. Ils en sortaient un qui avait élu domicile sous une maison. Il était aussi large qu'un tronc d'arbre et avait dévoré tous les chiens du quartier.

— Allonge-toi.

— Un jour, je lavais les vêtements de Duncan, il avait passé sa journée à jouer dehors avec son copain, près de la forêt. Eh bien, sur l'ourlet de son pantalon, la partie qui couvrait sa cheville, j'ai vu deux tout petits trous parfaitement dessinés. Avec un écart comme ça entre les deux.

Je lui montrai ce que je voulais dire avec mon pouce et mon index.

— Mon cœur s'est arrêté quand j'ai tenu son pantalon à la lumière et qu'elle a traversé ces deux piqûres, elles avaient le même écart que les crochets d'un serpent. Je l'avais laissé jouer trop près des bois. Je me suis précipitée sur lui, j'ai baissé ses chaussettes, mais ses chevilles étaient pâles et lisses. Pourtant, c'était ma faute. J'avais baissé ma garde.

David se leva, me força à me remettre au lit et recouvrit mon corps du sien. J'essayai de bouger, mais son étreinte se resserra.

— La mère de Linda ne lui aurait jamais permis de jouer près de la forêt, David. Tu ne vois donc pas l'ironie ? Elle ne laissait jamais sa fille monter sur un vélo sans casque. Tous les jours, elle allait attendre avec elle le bus de ramassage scolaire au bout de la rue. Elle avait même appelé l'école pour connaître les antécédents du chauffeur. Mais regarde ce qui s'est passé. Regarde qui la mort a frappé !

La veille du jour où je m'évaporai avec le fils de David, j'enfilai ma robe de chambre et m'assis à côté de lui au bord du lit. J'avais vu notre médecin de famille, qui m'avait prescrit des pilules variées censées maintenir mon pouls à un rythme régulier, mais qui n'avaient aucun effet. David m'avait pris un rendez-vous chez un psychiatre le lendemain matin. Peu importe, je savais que le lendemain soir je serais partie. Je préparais notre fuite depuis une semaine ou deux déjà, mais une chose que David avait dite la veille avait servi de

59

déclencheur : je ne pouvais pas rester plus longtemps. Je n'arrêtais pas de me répéter qu'il avait dit cela dans un moment de frustration et de colère, qu'il ne pouvait pas le penser vraiment. Mais, au fond de moi, je savais qu'il y croyait.

Mon mari me prenait pour une folle, mais c'était lui qui était fou.

Dans un coin du garage, derrière un vieux frigo, j'avais accumulé des provisions et des cartes routières. Quelques vêtements de Duncan étaient soigneusement pliés et rangés dans un petit sac de voyage au fond de son placard. La pression des pneus du break était parfaite.

David dormait. Il avait toujours eu la faculté de s'endormir en un clin d'œil. Plus d'une fois, lors de ses périples de jeunesse à travers tout le pays, il s'endormait sur un banc ou dans une entrée d'immeuble. Je fis courir mes doigts le long de son visage, caressant son menton, son nez, ses sourcils. Je l'avais toujours trouvé si beau dans son sommeil, plus innocent, plus vrai. J'imaginais que sa mère, autrefois, se penchait sur lui comme ça, l'aimait comme ça, quand il était encore petit et que le monde n'attendait rien d'autre de lui, que son enfance. Jamais je n'avais pensé à ce besoin de garder le souvenir parfait de son corps et de son visage. Mes mains glissèrent sur sa poitrine et il ouvrit les yeux.

— Comment tu vas ? murmura-t-il.

— Ça va.

— Tu as pris tes cachets ?

— Oui.

Je voulais lui dire que j'étais déjà allée voir Duncan cinq fois cette nuit, mais je savais qu'il ne voulait pas en entendre parler ; le sujet semblait le rendre fou de rage. Au lieu de quoi, je commençai à déboutonner son haut de pyjama. Mes doigts dérapèrent ; je ne me souvenais plus des étapes de l'amour. Je dissimulai mon embarras d'un baiser sur ses lèvres. Il me prit par les épaules et raidit les bras, jusqu'à ce que j'arrête.

— Chérie ? murmura-t-il.

— Quoi ?

— Je ne sais pas si tu t'en sens capable.

— Si, je m'en sens capable, affirmai-je.

— Vraiment ?

— Vraiment. Et toi ?

Il hésita.

— Bien sûr. Mais c'est juste que…

— Tu n'as jamais couché avec une folle ?

— Je n'ai pas dit ça.

Je commençai à reboutonner son pyjama, puis me rendant compte que je faisais le contraire de ce qu'il fallait, le déboutonnai à nouveau. Il m'attrapa par les poignets.

— C'est juste que tu as été si fragile ces derniers temps. Nous devrions peut-être attendre que tu aies vu le psychiatre, fit-il.

— Il ne doit sûrement pas être un meilleur amant que toi.

Il soupira.

— Ne plaisante pas.

— Pardon.

— Ne t'excuse pas.

Il m'embrassa, son baiser était si passionné que je voulais l'arrêter pour lui demander de retirer cette horreur, cette folie qu'il m'avait dite, mais je craignais qu'il ne la répète à nouveau, alors je continuai à l'embrasser, avec la même précaution que si je marchais à pas de loup sur un parquet, en espérant éviter de faire grincer les lattes. Je le déshabillai, il retira ma chemise de nuit, nous nous mîmes sous les couvertures, ensemble, enchevêtrés l'un dans l'autre ; mais comme nous commencions à faire l'amour, un petit cri m'échappa, je le repoussai et me retrouvai tout à coup assise au bord du lit, le cœur battant à cent à l'heure.

— Que se passe-t-il ? demanda-t-il, déconcerté.

— Duncan, dis-je. Duncan !

Je bondis hors du lit pour me précipiter, toute nue, dans le couloir, jusqu'à la chambre de notre fils ; j'ouvris la porte, laissant la lumière se déverser sur la moquette. Il était là, tel que je l'avais laissé un peu plus tôt, endormi dans son lit. Si fatigué qu'il n'avait même pas remonté ses couvertures ; il était blotti sur sa couette, les yeux bien fermés, face à la porte.

J'étais là, en train de le regarder, quand David s'approcha, derrière moi.

— J'avais cru l'entendre pleurer, dis-je.

David soupira et traversa à nouveau le couloir. Lorsque je vins le rejoindre au lit quelques minutes plus tard, il était allongé sur le dos, les yeux fixés au plafond. Nous restâmes ainsi tous les deux, en silence.

— À quelle heure est ton rendez-vous demain ? demanda-t-il enfin.

— Onze heures.

— Je t'accompagnerai.

— Non. Ça ira.

— Tu ne me le pardonnes pas, n'est-ce pas ? De ne pas avoir été présent ce jour-là ?

Tu as raison, mon chéri. Je ne te le pardonne pas.

— David, dis-je d'un ton neutre. Tu n'es jamais là.

Chez les psychiatres, il y a certains incontournables. Aucune couleur criarde aux murs ; elles risqueraient de mettre à vif des nerfs déjà éprouvés. Il y a toujours une ou deux reproductions encadrées, tout au plus, elles aussi dans des tons doux et tout à fait hors contexte : un bateau sur une rivière bleue, par exemple, ou un cheval désincarné au centre d'un espace blanc. Les tables ne jurent pas, les lampes non plus et la rampe de spots est soporifique ; elle souligne les têtes baissées plongées dans la lecture de magazines. Il suffirait de mettre cette pièce en bouteille pour que son contenu ait raison d'un diable de Tasmanie. Néanmoins, il y bouillonne une tension singulière, ses occupants luttant pour garder un air nonchalant, dernier rempart des grands dépressifs.

Je regrettais d'avoir emmené Duncan avec moi, il ignorait les magazines *Highlight* que j'empilais devant lui et préférait dévisager la dame assise sur le canapé face à nous, occupée à écrire sur un bloc-notes. Une liste de commissions, sans doute, ou un récapitulatif des crimes de son mari. C'était une femme soignée, d'environ quarante-cinq ans, qui portait des lunettes à monture bleue dont j'aurais admiré l'excentricité dans un restaurant, mais qui, ici, marquaient la solitude, l'incertitude, l'incapacité de plaire au père.

— Duncan, murmurai-je, tu ne veux pas lire tes magazines ?

Il haussa les épaules sans quitter la femme des yeux.

— Chéri, ce n'est pas poli de fixer les gens, le rabrouai-je.

La femme avait dû m'entendre, car elle leva brièvement les yeux, puis se remit à écrire. *Laitue. Lait. Serviettes en papier. Il sent la bière quand il rentre à la maison.*

Je pris un magazine, que je tendis à Duncan.

— Allez, lis. Il y a plein de super histoires là-dedans.

Il croisa les bras, secoua la tête. Je lançai le magazine sur la table.

— Bien, dis-je. Fais ce que tu veux.

La femme leva la tête et son regard croisa le mien ; je crus déceler une ombre de pitié dans ses yeux et me hérissai. Après ce que Duncan avait vécu, il avait le droit de se montrer buté de temps en temps. La femme baissa les yeux et reprit ses notes, en protégeant sa feuille d'une main.

La porte s'ouvrit et un homme assez âgé en sortit, avec l'air déstabilisé de quelqu'un qui vient d'en dire plus qu'il ne l'aurait souhaité. La femme reposa son magazine et le guida hors de la salle d'attente.

— Ah, marmonnai-je dans ma barbe. Alors c'est lui le malade, elle n'est que le chauffeur.

— Quoi ? dit Duncan.

— Rien.

Un homme grand, chauve, en costume gris, apparut sur le pas de la porte.

— Vous êtes Mme Warden ? demanda-t-il.

Je hochai la tête.

Il avait un visage aimable, un sourire chaleureux.

— Je suis le Dr Zelmer, se présenta-t-il.

Je me demandais ce que David lui avait raconté au téléphone, s'ils se comportaient en conspirateurs, maintenant, s'ils se parlaient à des heures insolites.

Je me levai et serrai la main du médecin.

— Enchantée, répondis-je.

L'acoustique de la pièce fit paraître ma voix grêle à mes propres oreilles.

— Entrez, dit-il.

Je jetai un coup d'œil à Duncan, qui était concentré sur la cravate à rayures du docteur. Il adorait les cravates.

— Dr Zelmer, voici Duncan.

— Bonjour, Duncan, dit le docteur.

Il ne répliqua pas.

— Il aime votre cravate, précisai-je.

— Mmm. C'est ma femme qui les choisit. Je suis presque daltonien.

— Viens, Duncan, dis-je.

Il allait quitter le canapé, quand le docteur prit la parole.

— Je préférerais vous parler seul à seule, au moins pour cette fois.

— Mais je ne veux pas que mon fils reste assis là, tout seul.

Il fit un signe de la tête. *C'est exactement pour ça que vous êtes là, Mme Folledingue.*

— Vous sentiriez-vous mieux si je fermais la porte de la salle d'attente ? Vous êtes ma dernière patiente avant le déjeuner.

Honteuse, j'acquiesçai.

Le divan du docteur, de toutes les couleurs de l'arc-en-ciel, jurait avec le papier peint. Je m'assis à une extrémité et il s'installa sur un fauteuil pivotant en face de moi. Il avait une moustache nette, ses lacets paraissaient neufs. Il avait un haut front large et des irritations causées par le rasoir près des oreilles. Somme toute, il semblait né pour être psychiatre et j'essayai de l'imaginer dans une autre profession, agent d'entretien par exemple, à la recherche d'éraflures sur le linoléum, avec la même expression patiente.

— Votre mari dit que vous ne dormez pas, commença-t-il.

— J'ai beaucoup de choses en tête.

— Il dit que vous ne quittez plus la maison. Que vous avez soudain peur du noir. Et que vous avez noirci les fenêtres du rez-de-chaussée.

— C'est vrai. J'ai utilisé du cirage. Et j'ai planté un cactus devant chaque fenêtre, en bas. C'est un truc dont j'avais entendu parler il y a longtemps. Toute personne voulant passer par la fenêtre doit d'abord affronter un cactus.

J'agitai les doigts. La climatisation se mit en route avec un bruit de Kleenex qu'on sort d'une boîte, puis s'arrêta soudainement.

Durant ce silence, je contemplai ma main, mes doigts agrippés à l'accoudoir, et j'imaginai les centaines et les centaines d'autres mains venues avant moi suer sur ce divan. Si l'on avait immergé cet accoudoir dans une mare, l'eau serait devenue aussi salée que l'océan.

— Parlez-moi de Duncan, suggéra-t-il.

— Je ne sais pas par où commencer.

— N'importe où.

— Bien. Alors, je vais commencer au début. Au moment de la naissance de Duncan, le médecin a décelé un problème au niveau de mon bassin. Ils m'ont endormie pour l'accouchement. Le médecin a mis au monde mon garçon, puis il est rentré chez lui. Toute la nuit, je me réveillais par intermittence en demandant à l'infirmière : « Où est-il ? » Elle me répondait : « Il va bien, il va bien » et je retombais dans ma torpeur. Lorsque je me réveillais à nouveau, je craignais d'avoir seulement rêvé ce que m'avait dit l'infirmière, alors je reposais la question. Au matin, j'étais hystérique, parce qu'on refusait de m'amener mon fils. Lorsqu'ils me l'ont enfin mis dans les bras, j'ai refusé de le rendre. Je leur ai aboyé de ne plus jamais l'éloigner de moi. David était gêné par mon comportement.

— Et comment l'avez-vous ressenti ?

— Il est comme ça. Il aime la modération, en général. Je n'ai jamais été modérée. Je suis plutôt comme mon père, pour ça, remarquai-je.

— Qu'est-ce que vous voulez dire par là ?

— Il vendait des vitamines. Et il y croyait passionnément. Pour lui, il n'y avait pas une maladie qui ne puisse être guérie par une bonne dose d'oligo-éléments. Il avait les yeux qui brillaient quand il en parlait, j'enviais sa foi. Lorsqu'on croit à quelque chose du fond du cœur, on doit se sentir tellement solide dans le monde.

Le docteur se recula dans sa chaise.

— Je veux tellement protéger Duncan que je dépasse un peu les bornes. Qui pourrait m'en vouloir ? Vous ? ajoutai-je.

Il ne répondit pas. Je le troublais. Je le voyais bien.

— Dites quelque chose, docteur.

— Donc, vous estimez que vous allez bien et que votre mari réagit de façon excessive face à vos inquiétudes ?

— Ce n'est pas seulement une réaction excessive, Dr Zelmer. C'est ce que j'avais cru, au début. Mais mon mari a vraiment un problème. Il refuse de parler de Linda. Linda est la petite voisine. Vous êtes au courant, n'est-ce pas ? David fait comme si elle n'était pas morte. Et l'autre soir, il a dit quelque chose de tellement fou que je crois qu'il a vraiment perdu l'esprit. Il vit une période de stress, je le sais, mais je n'arrive pas à croire qu'il ait pu me dire une chose pareille.

— Qu'a-t-il dit ?

— Je ne peux pas le répéter, c'est trop horrible.

— Vous pouvez peut-être me le murmurer ?

— Je crois que oui.

Le divan grinça quand je me mis debout. Je m'approchai du médecin, me penchai vers lui et prononçai les mots si doucement à son

68

oreille que je ne fus pas sûre qu'il les avait entendus.

— Je vois, fit-il, comme je me rasseyais. Je comprends que cela vous ait bouleversée.

Il tapota ses doigts les uns contre les autres, ferma les yeux.

— Je pense que vous devez être hospitalisée, conclut-il.

C'est ce que David disait lui aussi. J'avais cru que le docteur comprendrait mon besoin d'assurer la sécurité de Duncan. Maintenant, je me rendais compte qu'il était du côté de David, depuis le début il m'avait trahie.

*

Ce soir-là, je déclarai à David que le médecin avait raison. Ma place était à l'hôpital. Il m'embrassa en disant que tout irait bien, qu'il m'aiderait à faire ma valise. Je lui dis que je préférais attendre le matin, il dit qu'il comprenait. C'était tellement facile, de lui mentir.

J'avais déjà préparé mes bagages. Mes vêtements m'attendaient dans un sac marin, dans le garage, ainsi que mes autres provisions. J'attendis que David soit endormi et me faufilai dans la chambre de Duncan. Nous partions pour un voyage surprise, lui murmurai-je à l'oreille. Nous devions partir avant papa, mais il nous rejoindrait. Nous allions dans un endroit où nous pourrions vivre tous ensemble.

Duncan se frotta les yeux.

— Je veux dire au revoir à papa.

— Tu ne peux pas, chéri, il dort. Laisse-le
se reposer. Nous le verrons bientôt.

Et il me crut.

6

Duncan, au bord du fleuve, scrutait les profondeurs. Il était tôt le matin, il faisait froid. La chair de poule hérissait ses jambes nues.

— Je ne vois rien, se plaignit-il.

— Il y a du sable, de la boue, des trucs dans le fleuve, ce n'est pas aussi pur que l'eau de la grotte.

Il parut satisfait de ma réponse. Il se redressa, observa les alentours et son regard finit par se poser sur un peuplier de Virginie dont les branches courbées tombaient bas.

— On essaye ? demanda-t-il.

Je compris immédiatement de quoi il voulait parler.

— Bien sûr. Pourquoi pas ?

Cette nuit, il avait fait son rêve préféré, que je considérais comme un bon présage. Lorsque nous vivions dans l'Ohio, il arrivait au petit déjeuner en déclarant qu'il pouvait voler. Dans ce rêve, il était aussi léger qu'une plume. Il voyait la cime des arbres et la cheminée de notre maison. Et depuis le ciel, notre piscine avait la taille d'un bonbon.

Après avoir bu son jus d'orange, il annonçait qu'il allait dans le jardin pour voler avant le petit déjeuner. Je quittais moi aussi la table pour le suivre jusqu'au vieux chêne et le regarder grimper sur la branche la plus basse. Lorsqu'il était accroupi sur cette branche, son visage était empreint d'une telle conviction, qu'une toute petite part de moi y croyait aussi. Il trouvait son équilibre, bras écartés, puis s'élançait vers les nuages et retombait dans mes bras tendus avec un gros soupir, contrarié par la pesanteur. Nous rentrions à la maison d'un pas lourd, vaincus.

David me demandait pourquoi je continuais à lui céder.

— Pourquoi faire semblant comme ça ? Il est déçu, après, insistait-il.

— Je sais. Moi aussi, lui répondais-je.

Duncan était maintenant accroupi sur la branche immobile du peuplier de Virginie, stabilisé. Il leva les bras, agita les doigts avant d'étirer les mains.

— Très bien, Duncan, dis-je.

Je pris position sous l'arbre.

— Je vais voler, maintenant, annonça-t-il.

Il baissa les yeux vers moi, contrarié.

— Ne me rattrape pas. Je n'ai pas besoin de toi.

— J'attrape juste ton ombre.

Il parut accepter cette idée. Ses pieds nus firent pression sur la branche et il tomba à pic dans mes bras, son corps était si lourd que je faillis perdre l'équilibre. Je sentis son souffle se couper.

— Je suis désolée, mon chéri, dis-je en le reposant par terre.

Il s'épousseta les bras, comme si son échec l'avait rendu poussiéreux.

— Je veux réessayer.

— Plus tard, peut-être, chéri. Rentrons à la grotte.

— Non, non ! On nage !

Il me tirait par le revers de mon short, quand j'entendis un ébrouement. Je scrutai le fleuve. Un homme à cheval venait dans notre direction. J'attrapai la main de mon fils et le traînai vers un taillis de roseaux, en lui faisant signe de se taire, tandis que nous nous blottissions parmi les fines tiges vertes. J'ignorais si l'homme nous avait vus. J'entendais le cheval approcher, le grincement de la selle et le bruit des sabots dans la boue. Duncan se raidit entre mes bras. Il avait peur des chevaux depuis qu'un jour, un poney Shetland l'avait mordu dans un zoo.

Le cavalier s'arrêta devant les roseaux. Sentant une piqûre sur mon bras, je baissai les yeux. Une fourmi. Je la balayai de la main mais ressentis d'autres morsures le long de mes jambes et sur mon épaule. Les piqûres me brûlaient comme du feu et, frénétique, j'essayai de me débarrasser des fourmis sans crier. Enfin, le cheval s'ébroua à nouveau et

73

s'éloigna. J'écartai les roseaux et observai les alentours avec précaution. L'homme à cheval portait un pantalon vert et une chemise grise. Je ne savais pas s'il s'agissait d'un policier texan ou d'un garde forestier. L'un et l'autre étaient susceptibles de me créer des ennuis. Lorsque l'homme et sa monture disparurent au coin, je bondis hors du taillis en me grattant comme une folle.

— La vache, marmonnai-je.

Écrasant une fourmi entre le pouce et l'index, je me retournai, à la recherche de Duncan.

Je m'étranglai.

Il avait les jambes couvertes de fourmis.

— Duncan !

Je l'attrapai et me précipitai vers la rivière. Je l'assis sur la berge boueuse et mis ses jambes dans l'eau, en les frottant de haut en bas pour les débarrasser des insectes. L'année précédente, une piqûre de guêpe sur son bras avait enflé pour devenir aussi grosse qu'une orange. Comment avais-je pu être aussi négligente, et laisser cet incident se produire au milieu de nulle part ? Et pourquoi le vieux monsieur n'avait-il pas mentionné les fourmis ?

Lorsque toutes les minuscules créatures flottèrent à la surface du fleuve, je pris Duncan dans mes bras et le fis sortir de l'eau.

— Ça pique, chéri ? demandai-je avec inquiétude.

— Non.

Et, effectivement, je ne vis aucune vilaine marque rouge sur ses jambes.

— Tu vas bien, alors ?

74

— Oui maman, je vais bien.

Je fermai les yeux, relâchai ma respiration et murmurai un merci aux fourmis agonisantes.

7

Il la découvrit non loin de la route qui menait au canyon de Santa Elena ; la lumière déclinait, les nuages au-dessus s'effilochaient dans un dégradé de couleurs. Il s'assit au bord de la route en lacets, sortit sa bouteille de cinquante centilitres et but un coup pour fêter ça. L'épave carbonisée du break se trouvait derrière un petit talus, invisible depuis la route à l'exception de traces de pneus si légères qu'il s'étonna d'avoir même pu les distinguer dans la lumière faiblissante. Rebouchant sa bouteille, il approcha de la voiture. Des restes d'un cactus écrasé par les roues suintait toujours une sève épaisse. Le break avait été en grande partie noirci par les flammes, mais la peinture autour des phares était le beige qu'il recherchait et correspondait à la photo en sa possession. Il sentit le cuir carbonisé et toutes ces choses jamais censées brûler. Le plastique, le vinyle, le métal et cette odeur à fendre l'âme du caoutchouc roussi. Elle avait enlevé les plaques d'immatriculation, constata-t-il dans un sourire. Mais elle n'avait sûrement pas pensé à ôter le numéro d'identification du véhicule. Eh non. Il était là, intact. Il alluma sa lampe torche et le compara aux chiffres inscrits sur le bout de papier qu'il avait tiré de sa poche. C'était comme un numéro de loterie. On retenait son souffle jusqu'à la fin.

Les gardes forestiers n'avaient pas trouvé l'épave. Sinon, ils auraient déjà ouvert une enquête et appelé un camion remorque. Il eut l'impression d'être dans le secret, là, dans l'air qui se raréfiait et se rafraîchissait sensiblement contre son visage, dans l'ombre de la portière ouverte. Il la toucha, essuya ses mains sur son pantalon et se dirigea vers le talus qui menait à la route. Il s'assit, déboucha sa bouteille, but une autre gorgée.

Il pensa à la femme sur la photo, et au garçonnet blond, au bel homme. Les imagina tous les trois dans cette voiture, indemnes, serpentant dans les rues de leur quartier parmi les érables. Le père au volant, les mains à dix heures dix, la mère, regardant par la fenêtre, les yeux rêveurs, et le fils, donnant des coups de pied dans le siège. Arrête, fiston. Je t'ai dit d'arrêter, alors arrête. Chéri, dit la femme. Elle tend une main pâle, qu'elle pose sur le genou de son garçon. Arrête de donner des coups de pied à ton père.

Il ne put s'empêcher d'admirer la décision de cette femme. Il avait parlé d'elle avec tant de monde, lu ses écrits, suivi sa route. Et maintenant, elle lui paraissait si familière qu'il n'avait presque pas envie de rompre le charme en la retrouvant.

Née en Georgie. Avait perdu son père jeune. Vivait pour son mari, puis pour son fils. Adorait les barres chocolatées et la musique d'Emmylou Harris. Croyait aux présages, évitait les associations de parents d'élèves. Aimait nager nue la nuit dans sa piscine. Gardait avec elle une vieille montre à gousset ayant appartenu à son père, qui était son bien le plus cher.

Il but encore une gorgée. Une fois, il s'était fait passer pour un prêtre pendant un mois. Une autre fois encore, son image de bon copain avait dupé un mari, qui avait fini par lui exhiber sa maîtresse. Cette affaire était différente. Il ignorait encore quel rôle il allait devoir jouer avec cette femme. Ce qui la ferait réagir.

Les étoiles apparurent, la lune se leva.

Il s'était promis de laisser la moitié du whisky dans la bouteille, mais lorsqu'il la tint à la lueur de la lune, le liquide à l'intérieur se teinta d'une couleur qui lui rappelait vaguement des vitamines, aussi but-il le reste au nom de la bonne santé.

8

C'était la terre de l'adaptation. Le rat-kan-
gourou, privé du droit de boire, sécrétait son
urine sous forme de pâte. Le cactus Cholla se
servait de ses épines pour se protéger du
soleil. Le crapaud imitait les rochers pour
échapper aux prédateurs. La sauterelle femelle
écoutait avec ses genoux et, dans les profondeurs obscures de la grotte, les poissons du lac
avaient perdu leurs yeux.

Sur cette terre, même une mère en fuite
devait bien finir par subir une métamor-
phose.

Comme les yeux aux poissons de la grotte,
les médicaments prescrits par le médecin ne
me servaient plus à rien. Je déversai le
contenu des flacons sur un rocher près de
l'entrée ; les brumes de l'aube firent fondre les
cachets les uns sur les autres. Avant la fin de la
journée, le petit tas avait séché et disparu ; un

vent venu du Mexique emporta la poudre calmante vers le nord.

Il fallut s'y reprendre à plusieurs fois pour faire un feu dans la grotte qui ne dégage pas trop de fumée et ne risque pas de nous étouffer. En quelques jours, je découvris les mérites de la chair de cactus, les propriétés savonneuses des racines de yucca, l'élasticité des *Nolina*. Je travaillais par expérience, n'ayant à ma disposition qu'un seul guide et les conseils d'un vieil homme. J'avais un atout de plus, découvris-je – le don de ma mère en matière de nature, un sens pratique terre à terre que je n'avais jamais soupçonné en moi. Et j'en étais fière. Comment une femme dotée d'autant de ressources pouvait-elle être jugée folle ?

Je comptais les jours à l'aide de galets ; une petite pile prenait déjà forme à la lueur de la bougie, concrétion brûlant les étapes imposées aux autres et grandissant à vue d'œil. Duncan disait que, quand son papa viendrait, ils iraient explorer l'autre bout de la grotte. J'acquiesçais. Je commençais à manquer d'excuses, et je n'avais plus de pièces à faire briller.

Nous étions arrivés là au milieu du printemps, la saison préférée de ceux qui connaissent le Rio Grande. Les fleurs étaient magnifiques, et on était loin encore des dangereuses crues estivales. Duncan jouait au guetteur. Il se dressait sur un rocher pour scruter l'horizon avant que nous ne descendions jusqu'au fleuve pour nous baigner. En fin de matinée, nous nous dissimulions dans les roseaux pour regarder passer les gens sur les bateaux. C'étaient surtout des jeunes, qui riaient en buvant de la bière. Nous vîmes aussi des familles dont les enfants avaient l'âge de Duncan, je le sentais se tendre à mon côté en les regardant, comme s'il cherchait à réunir assez de courage pour plonger dans une eau froide. Je ressentais sa solitude et une partie de moi avait envie de se lever pour faire signe aux enfants de venir jouer avec lui. Mais au lieu de ça, je posais la main sur son épaule, pour le prévenir.

— Pourquoi je n'ai pas le droit de parler aux enfants ? insistait-il dans un murmure.

— Parce qu'on est un secret.

— Je ne veux pas être un secret !

— Chut.

De l'eau, du soleil. Des engoulevents, des sauterelles, des eucnides urticantes, des ténébrions meuniers. Des tamaris et des saules. Des écrevisses aveugles qui filaient dans le lac de la grotte, et John Denver qui crachotait, les piles commençant à avoir des ratés, comme le moteur de son avion le jour de sa mort.

J'installai les trois soldats de Duncan autour de la grotte. Ils étaient en mission de paix, dans un pays si calme qu'il n'y avait rien à surveiller. Pourtant, ils tenaient leurs fusils prêts, sur le qui-vive, un couché et deux debout, au cœur de la forêt de stalagmites.

Duncan ignorait les militaires. Il en était lassé et puis nous avions un nouveau jeu, les Ombres dansantes. Je faisais évoluer le faisceau de la lampe torche sur les parois de la grotte en racontant l'histoire de la concrétion qui luisait dans la lumière jaune.

— Il était une fois, un petit garçon. Tu le vois ? Tu vois sa casquette de base-ball ?

Je fis redescendre le faisceau.

— Il avait un petit chien. Le garçon et le chien étaient inséparables. Mais, bien sûr, il y avait cette méchante sorcière...

La lumière vint éclairer une stalactite bosselée et humide.

— ... qui voulait avoir le chien comme animal de compagnie. Alors un jour, pendant que le petit garçon dormait, la sorcière prit son envol, attrapa le chien et s'enfuit sur son balai.

— Mais le chien n'était pas trop lourd pour son balai ?

— Non, c'était un petit chien, un loulou de Poméranie. Le petit garçon était terriblement triste. Heureusement, il avait aussi un loup apprivoisé. Tu vois ses dents ? Alors, le garçon et le loup retrouvèrent la sorcière, le loup la croqua et ils récupérèrent le chien.

— Le loup n'a pas mangé le chien ?

— Non, le loup a mangé Barney le dinosaure.

Duncan n'avait jamais craint l'obscurité de la grotte ; il s'y mouvait comme les poissons et les chauves-souris, sachant instinctivement où mettre ses mains et ses pieds. Tous les soirs, j'éteignais deux bougies de plus et la lumière ne cessait de s'éloigner. Allongée près de Duncan, je lui caressais les cheveux, ils semblaient être de la soie entre mes doigts, qui s'y glissaient jusqu'aux pointes, doucement, pour ne pas le réveiller. Nos mouvements avaient été anticipés il y a des siècles et déjà inscrits dans la pierre : dans une autre salle, une mère embrassait son fils sur le front, comme moi. Je faisais de mon mieux pour ne pas penser à David, mais parfois il devenait aussi réel que la chaleur collante de la cire qui dégoulinait et je ne voyais plus seulement son visage, mais aussi ses gestes, et une partie de moi avait envie de tirer Duncan de son sommeil et d'oublier tous mes rêves de sanctuaire. De prendre le chemin inverse sur le fleuve, retrouver la voiture calcinée et reprendre la route de l'Ohio à bord de son squelette noirci. Mais je ne pouvais pas. Avant même qu'il perde l'esprit, le père de Duncan ne pouvait pas plus nous protéger que celui de Linda n'avait pu la protéger.

Une nuit, je rêvai que Linda sautillait dans la grotte, dans sa robe vaporeuse, qu'elle trouvait la forêt de stalagmites, volait les militaires de Duncan et les fourrait dans son sac. Son visage avait ce même air supérieur, ce même sourire lointain. À mon réveil, au matin, Linda était partie et les soldats étaient toujours en place.

Pour la première fois, nous allions tenter de pêcher, une activité que je repoussais depuis plus d'une semaine. Nous étions assis tous les deux sur une roche plate, dans le fleuve ; Duncan me regarda fixer l'hameçon argenté au fil, faire cinq nœuds plats. Je me souvenais vaguement des quelques parties de pêche durant lesquelles j'avais accompagné ma mère, enfant. Elle n'aimait rien tant que mettre son grand chapeau de paille, arracher quelques vers à la terre du jardin et partir pour la Red River. Je ne me rappelais pas grand-chose, seulement que je m'ennuyais vite et que la chance, la patience et les prières pouvaient toutes être réunies pour composer une sorte d'appât.

Duncan croisa les bras. Il n'avait pas dit un mot depuis presque dix minutes et à voir son visage, je savais qu'une tempête grondait.

— Mon poussin. Qu'est-ce qui ne va pas ? lui demandai-je pour la cinquième fois.

— Papa n'est pas là.

— Je t'ai déjà dit, il va falloir être patient.

— Je suis patient ! dit-il, élevant la voix. J'ai attendu et attendu !

— Ça ne fait pas si longtemps.

— J'ai compté les galets dans la pile ! cria-t-il. Il y avait tout ça.

Il me montra huit doigts.

— Je veux qu'on envoie une carte à papa pour lui dire où on est, décida-t-il.

— Duncan, calme-toi. On pourrait t'entendre.

— Je ne veux pas être calme.

Il lança sa tête en arrière et se mit à hurler.

— *Papaaaaaa ! Papaaaaaa !*

Je l'attrapai par le bras.

— Ça suffit ! Tu veux retourner dans la grotte ?

Il arrêta de crier et me lança un regard sombre, son visage était cramoisi.

— Je déteste la grotte, affirma-t-il.

— Mais non.

86

— Si.

Je le regardai, prise d'un terrible sentiment de culpabilité.

— Tu sais ce qu'on va faire ? proposai-je finalement. Ce soir, quand on sera de retour à la grotte, on va dessiner une carte pour papa, on la mettra dans une bouteille vide et on la lancera dans le fleuve.

— Et si quelqu'un d'autre la trouve ?

— On mettra son nom dessus.

Cela parut apaiser Duncan. Il serra ses genoux dans ses bras et me regarda faire un nœud supplémentaire.

— Regarde ! clamai-je triomphalement en tenant la ligne pour faire scintiller l'hameçon à la lumière. J'ai accroché un hameçon, Duncan ! Ma mère serait fière de moi. Attends voir. Mince ! Comment met-on le plomb ?

Je soupirai, coupai le fil, enfilai le plomb en forme de cloche, renouai l'hameçon.

— Ça n'a pas l'air d'être ça non plus, dis-je en inspectant l'ensemble. On dirait que l'hameçon porte le plomb comme chapeau.

Duncan tourna la tête, son regard alla se perdre du côté des falaises calcaires du canyon, en aval, où poussaient des eucnides urticantes.

— Enfin, dis-je. J'imagine que ça va marcher. Maintenant, il faut ajouter le bouchon.

Celui-ci se montra tout aussi retors. J'appuyai sur le haut et un petit crochet sortit par le bas. Mais un autre dépassait aussi du haut, et je luttai avec ce machin jusqu'à en avoir mal aux doigts.

— Duncan, tu es doué avec tes mains. Essaye de mettre le bouchon pour maman.

— Je ne veux pas.

Les rochers vibraient de chaleur. J'avais le visage en sueur, j'étais de plus en plus contrariée.

— Duncan, chéri, je peux te poser une question ? Est-ce que tu vois une poissonnerie dans les environs ?

— Non.

— Alors aide-moi !

Il ne m'écoutait pas. Les gargouillis de l'eau retenaient toute son attention, ou le vent dans les roseaux.

Enfin, le bouchon abdiqua. Je coupai un morceau de corned-beef à l'aide de mon canif et le pétris autour de l'hameçon.

— Il y a des poissons-chats ici, repris-je, tentant d'être à nouveau l'amie de Duncan. Des gros. Je n'ai jamais pêché de poissons-chats, mais il paraît que c'est bon.

— Je ne veux pas de poisson, je veux du chocolat.

— Tu as vu un lapin de Pâques, dans le coin ?

— T'es pas drôle.

— Il paraît.

Je lançai l'appât dans l'eau et attendis, l'autre bout de la ligne enroulé autour de ma main. Le bouchon demeura aussi immobile que mon fils. Je sortis la ligne et vis que le corned-beef n'était plus sur l'hameçon.

— Il a dû tomber, remarquai-je. Je vais écrire au service consommateurs, leur produit est défectueux.

Je coupai un nouveau morceau, que je fixai à l'appât, et attendis encore.

— Papa a toujours des crottes en chocolat dans le tiroir de son bureau, lâcha soudain Duncan, accusateur.

Je le savais. Plus d'une fois, à la recherche d'un stylo dans ce tiroir, j'avais dû creuser ce nid d'emballages froissés.

— On n'a pas de chocolat, mais on a autre chose. On a des bonbons à la menthe.

— Je déteste la menthe.

— Depuis quand ?

À nouveau le silence. Il avait tout à fait le droit de me détester. Je l'avais arraché au chocolat et à son père.

Sans prévenir, le bouchon disparut sous la surface et la ligne se tendit autour de ma main. Je sentais quelque chose se débattre sous l'eau.

— Ça mord ! criai-je en tentant de contrôler le tremblement de mon poing.

Duncan parut vaguement intéressé. Il se mit à scruter l'eau.

Les muscles de mon bras commençaient à me faire mal. Le bouchon décrivait un petit cercle rapide juste sous la surface. Mon visage ruisselait de sueur. Le poisson paraissait monstrueux ; le fil de pêche me cisailla un peu plus le poing. Je parvins enfin à me lever et arpentai le rocher, entraînant le monstre avec moi. Je sautai sur la berge et poursuivis mon effort, dents serrées, tirant de toutes mes forces. Quand je me retournai, je vis sur la rive un énorme poisson-chat, dont les nageoires creusaient la terre meuble et s'agitaient en y laissant leur empreinte ; il s'immobilisa, ses flancs continuant de palpiter. La pensée qu'il pouvait avoir de vrais poumons, un vrai cœur, tout rouge et tout chaud, me traversa l'esprit et me remplit de douleur.

Duncan se précipita au bas du rocher, bondit sur la rive et se pencha pour inspecter la créature.

— Il mord ? demanda-t-il.

— Je ne sais pas.

Avec précaution, je me baissai et tentai de le retourner. Le poisson-chat eut un soubresaut et je me coupai sur l'un des pics qui hérissaient sa colonne vertébrale. Un cri m'échappa, je retirai ma main. C'était une douleur fulgurante, cuisante. Le sang se mit à couler de ma paume et, reconnaissante, je vis une expression anxieuse se peindre sur les traits de Duncan.

— Maman !

— Maman va bien, dis-je calmement, emmêlée dans mon fil de pêche, le sang ne cessant de couler.

— Tu as très mal ? demanda-t-il, inquiet.

— Non, chéri. Il m'a juste donné un coup de nageoire. Je ne savais pas que les poissons étaient aussi dangereux.

Du sang jaillit de la bouche du poisson-chat, qui émit un gémissement plaintif, tout bas, comme un miaulement de félin blessé.

— Il pleure ! dit Duncan, oubliant tout à fait ma blessure à la main.

— Il ne pleure pas. Il fait juste un bruit bizarre. C'est pour ça qu'on les appelle des poissons-chats.

Mais la plainte persistait, véritable coup de poignard dans mon cœur. Les yeux de la créature étaient d'un noir d'encre, vides de toute expression, mais ses flancs se gonflaient toujours et sa queue tremblotait.

— Maman ! Rejette-le à l'eau ! Laisse-le vivre !

Mon estomac se noua, je sentais un élancement dans ma main. Je fermai les yeux, pris quelques profondes inspirations.

— Chéri, je ne peux pas le remettre à l'eau. Il mourra de toute façon. Tu vois ? Il saigne. Je ne veux pas le tuer. Mais on n'a pas le choix. Nous devons manger. Ce n'est qu'un poisson. Il ne sentira rien.

Le poisson-chat pleura encore.

— Maman, tu es méchante, dit Duncan d'un ton catégorique.

Il me suivit en silence jusqu'à la grotte, je gravis les rochers en prenant garde aux cactus et aux orties, ma main valide tenant toujours le fil de pêche emmêlé et le poisson suspendu. Il était lourd, au moins deux kilos ; mon bras me faisait souffrir. Sentant une goutte tomber sur mon genou, tandis que je franchissais l'escarpement, je tournai les yeux vers le ciel, à la recherche de nuages de pluie, puis vers le bas, et je vis mon sang qui coulait.

En arrivant à l'entrée de la grotte, je posai ma prise sur un petit rocher plat. Ma mère parlait souvent d'écailler les poissons-chats. Je n'avais aucune idée de la façon dont elle procédait. J'avais une douleur sourde à la tête. Je trouvai une grosse pierre lisse et m'agenouillai auprès de l'animal.

— Duncan, peux-tu aller dans la grotte chercher le canif de maman ?

— Non.

Je levai les yeux vers lui. Il était debout, les bras croisés sur son torse nu.

— Tu viens de me dire « non », c'est ça ? dis-je, d'une voix menaçante.

Une goutte de mon sang coula sur le poisson, dont la peau noire commençait à se raidir au soleil.

— Je ne te demande pas ton avis, Duncan, repris-je. Je veux que tu ailles dans cette fichue grotte me rapporter mon fichu couteau.

J'élevai la voix.

— Est-ce que maman a l'air de s'amuser, là, Duncan ? Eh bien non. Je fais ça parce que je suis obligée, pour que nous puissions manger du poisson au dîner.

— J'en veux pas ! hurla Duncan. Je veux du chocolat ! Et je veux voir papa !

Je me mis debout et lui lançai un regard noir.

— « Je veux du chocolat. Je veux papa. »

J'avais pris une voix aiguë, plaintive, pour imiter la sienne ; j'imaginai mon visage tordu, mon visage le plus laid.

Le poisson-chat gémit derrière moi.

— Nous ne sommes ici que depuis huit jours. Combien de fois as-tu vu papa ces six derniers mois, Duncan ?

Il sembla pris au dépourvu. Sa bouche s'ouvrit. Il regarda sa main. Son petit pouce se plia, un index ensuite. Il était en train de compter. Mon cœur se brisa.

— Chéri, murmurai-je. Maman te demande pardon. Maman ne voulait pas dire ça.

Les doigts de Duncan se déplièrent.

— Maman veut juste que tu sois heureux. C'est tout. On n'est pas heureux, ici, mon chéri ?

Il ne tiqua pas.

— Toi, oui, lâcha-t-il.

Il fit demi-tour, se mit à courir et disparut derrière un bouquet d'arbres.

Je restai là, tremblante, à claquer des dents. Je m'écroulai à genoux à côté du poisson.

— Et tes enfants, à toi, ils te causent autant de soucis ? lui murmurai-je.

Pas d'Ombres dansantes, ce soir. Je n'avais enlevé que la moitié des écailles du poisson ; lorsqu'il tournait à la broche, on aurait dit qu'il portait une veste d'escrime. Duncan refusa d'en manger. Et de m'adresser la parole.

Après dîner, je m'assis au bord du lac pour rincer ma main dans l'eau fraîche et limpide. Du sang suinta de la plaie dans ma paume ; il sembla attirer les poissons aveugles, qui se mirent à décrire des cercles autour du nuage rose. Duncan s'assit en tailleur sur son sac de couchage, grignotant son ongle de pouce, les yeux perdus dans le vague. Il était toujours torse nu, son ventre blanc débordait de son pantalon.

— Tu viens nager avec moi ? proposai-je.

Il secoua la tête. Je me sentis honteuse, comme une chose sale et huileuse dans cette belle grotte, qui viendrait corrompre l'eau, empoisonner les chauves-souris, tuer la pierre vivante. Je sortis du lac, m'approchai lentement des sacs de couchage, dégoulinante, et m'allongeai, trempée, le visage dans le halo de chaleur de la bougie la plus proche. Duncan était couché, lui aussi, il me tournait le dos. Je fermai les yeux et sentis le mesquite, le sang, le guano et le poisson martyr.

Je me réveillai paniquée ; mon cœur battait frénétiquement. Tendant la main, je tâtai le sac de couchage, vide, le sol dur en dessous.

— Duncan, murmurai-je. Duncan !

Je tâtonnai, à la recherche d'allumettes, sans parvenir à les trouver, fis courir mes mains dans une opacité parfaite.

— Duncan ! murmurai-je. S'il te plaît, réponds-moi ! Tu fais peur à maman !

Ma main heurta quelque chose, qui se mit à rouler. La lampe torche. Je l'allumai, explorai la pièce. Je vis les colonnes, les aspérités, les silhouettes et la surface vitreuse du lac, mais pas de fils. À nouveau, je promenai le faisceau lumineux dans la salle. Et je ne vis rien de plus. Je me levai et titubai en direction de l'entrée de la grotte, le faisceau lumineux balayant l'espace autour de moi. À la sortie, l'air frais du désert me saisit. Mes cheveux étaient encore mouillés, et je frissonnai.

— Duncan ! appelai-je. Duncan !

Impossible de retrouver mon garçon. Mes jambes nues frôlèrent des agaves lechuguilla, mes pieds nus s'égratignèrent sur les rochers.

Je trébuchai, tombai et m'ouvris le genou. Je me redressai tant bien que mal et me mis à courir, contournant en chancelant les cailloux et les arbres. Du ciel provenait la lumière de la pleine lune et des étoiles, mais rien ne bougeait dans le paysage. Fébrile, je me frayai un chemin jusqu'au fleuve, écartant les roseaux, criant aussi fort que je le pouvais ; je suppliais Duncan de me répondre, je lui promettais de ne plus jamais tuer d'autres poissons, de faire tout ce qu'il voudrait, je lui demandais pardon. Je regrettais.

Frénétique, mouillée, grelottante et ensanglantée, je le cherchai pendant une heure avant qu'une idée me traverse l'esprit.

Il n'avait peut-être pas quitté la grotte.

Je fis demi-tour et remontai le canyon en courant. À l'entrée de la grotte, mon pied nu se posa sur une chose dure et collante, qui glissa sous moi ; je perdis l'équilibre et tombai sur le dos. Je tournai la tête et me retrouvai nez à nez avec la tête coupée du poisson.

Duncan et moi avions visité la partie située juste derrière la salle principale, mais nous ne nous étions pas aventurés au-delà. Je boitillai jusqu'au mur clôturant la partie que nous avions explorée et pénétrai dans le corridor qui s'ouvrait, juste à côté d'un chameau à trois bosses. Ici, l'air était imprégné de l'odeur de guano de chauve-souris ; mes yeux me brûlaient. Ce corridor donnait sur une autre pièce. J'orientai la lampe torche vers le haut et aperçus un plafond plein de dents orange. Je fis le tour doucement, en prenant garde de ne pas me cogner dans une colonne ni de marcher sur une arête coupante.

Arrivée au centre de la salle, je tendis l'oreille, traînant le cercle lumineux autour de nouvelles concrétions, de nouvelles histoires. Un homme ailé. Sept aigles se disputant un nid. Pégase désarçonnant un pirate unijambiste. Un jeu d'échecs dans lequel le roi était perpétuellement coincé. Et dans un coin, une jeune concrétion. Âgée de six ans et en pleine croissance.

9

Pendant douze ans, mon père avait parcouru la Georgie dans une Impala bicolore, pour vendre des vitamines. Nous n'avions pas beaucoup d'argent, aussi était-il toujours vêtu de la même façon en voyage : un costume croisé à fines rayures, un peu trop large aux épaules. C'était un formidable vendeur, du moins d'après ce que me disait ma mère. Il était véritablement persuadé que certaines vitamines pouvaient assouplir les articulations, fortifier le sang et teinter la peau de rose, autrement dit stimuler les vaisseaux sanguins ; il emportait sa croyance avec lui de porte en porte, s'adressant avec enthousiasme aux femmes au foyer, aux vieilles dames et aux enfants pâles et maigres, qui n'avaient jamais connu la vitamine B-12. Il avait une bonne paire de chaussures Windsor, que ma mère cirait avant chaque voyage et laissait à côté de la porte de la salle de bains.

Assise sur le bord de la baignoire, j'observais le rituel : il se rasait soigneusement, peignait ses cheveux lissés à la lotion capillaire, enfilait son costume et ses chaussures fraîchement astiquées. Lorsqu'il se penchait pour m'embrasser et me dire au revoir, il avait une odeur fraîche, vive, vaguement fruitée.

Sur notre clôture, au fond du jardin, poussait un volubilis envahissant, né d'un paquet de graines offert par ma sainte grand-mère. Très jeune, j'avais imaginé qu'une fleur ou deux, glissées dans la boîte à gants de mon père, lui garantiraient une forme de protection divine lors de ces voyages. À son retour, le lustre de ses chaussures disparu, je me faufilais dans le garage, ouvrais la boîte à gants et les fleurs séchées tombaient, leur mission accomplie. Jamais il ne le mentionna ; j'ignore s'il les a même jamais remarquées ou s'il avait la moindre idée de leur pouvoir.

À l'âge de dix ans, j'arrêtai de mettre des fleurs dans sa boîte à gants ; j'avais d'autres occupations. Ayant découvert les bigoudis chauffants de ma mère, je passais mon temps à contempler mes boucles dans la glace. Un jour, au début du mois de mai, mon père fut heurté par un chauffeur ivre, à la sortie d'Athens, en Georgie ; il mourut à l'hôpital deux jours plus tard. Je ne pus m'empêcher de penser que j'avais failli à ma mission ; égoïstement, je m'étais occupée de mes boucles au lieu de le protéger. Je m'enfermai pendant des mois, restai assise dans ma chambre, à regarder par la fenêtre en priant pour une nouvelle chance.

Au réveil, l'humeur de Duncan s'était radicalement améliorée. Il fredonnait une chanson dans sa barbe tandis que je bouillonnais, sur mon sac de couchage. Quel sale gosse ! Ma blessure à la main m'élançait toujours, la plante de mes pieds était sensible, une cicatrice bordée de sang séché couronnait mon genou droit.

— Maman ? murmura-t-il.

Je gardai les yeux fermés, faisant semblant de dormir. Ce n'est qu'un gamin, pensai-je, mais je me rappelai ma panique dans le noir et ne pus m'empêcher de l'imaginer tapi là, dans un recoin de cette grotte, en m'écoutant crier son nom.

Je l'entendis fureter un peu, puis ce fut le silence. Quand j'ouvris les yeux, il n'était plus là.

— Duncan ?

Pas de réponse.

Je m'habillai et, dans la plus profonde obscurité, traversai la salle pour rejoindre la sortie. Dos à la grotte, Duncan regardait le soleil levant, en fredonnant encore sa mélodie. Il s'interrompit en entendant mes pas.

— C'est une belle journée, hein, maman ? demanda-t-il en se tournant vers moi avec un sourire. Regarde le soleil ! Il est de toutes les couleurs.

— Très joli, dis-je sur un ton maussade.

Des scarabées avaient découvert la tête du poisson et le recouvraient de leurs corps noirs. Les fourmis aussi. Une moustache et un œil avaient déjà disparu.

— Tu as bien dormi, maman ?

Mon cœur fondit un peu.

— Pas mal.

La tête du poisson-chat me dégoûtait. Je n'aurais pas dû la laisser aussi près de la grotte. Je cherchais des yeux un bâton pour l'écarter quand j'aperçus soudain quelque chose tout près de l'entrée.

Je m'en emparai.

— Qu'est-ce que c'est ? fit Duncan en s'approchant.

— Un Mars.

— Du chocolat ? demanda-t-il, excité.

Je repris ma respiration. Nous étions découverts.

Avec quelle rapidité l'on encombre un espace de ses objets personnels, à quelle vitesse l'on s'y attache, au point qu'en bouger devient difficile… Je passai la journée à traîner nos provisions à travers le corridor, jusqu'à la salle la plus éloignée, travaillant à la lumière vacillante des bougies ; il faisait encore trop sombre pour y voir vraiment quelque chose, je me débattais donc dans les ténèbres.

Je refusai que Duncan mange la barre chocolatée. Ce n'était pas sûr. Il ne voulait pas quitter sa chambre, ce lac qu'il avait appris à aimer. Et les soldats avaient l'air tellement à leur place dans la forêt de stalagmites, se plaignit-il, lorsque je les déplaçai.

— Ils seront contents de surveiller un autre endroit, avançai-je.

— Le sol est trop bosselé, ici, dit-il. Et ça sent mauvais.

— C'est du guano de chauve-souris. Tu t'y habitueras.

Je perçus une étrange émotion dans ma voix et j'en fus gênée. Je connaissais cet accent. Il survenait juste avant que mon cœur ne se mette à battre précipitamment et que mes pensées déboussolées n'entrent en collision les unes avec les autres dans un nuage tourbillonnant. Autrefois, je prenais un médicament lorsque ces symptômes faisaient leur apparition, mais il avait été réduit en poussière et avait sûrement atterri dans les plis d'un chapeau de cow-boy texan, quelque part.

Nous étions une mère et son fils, vulnérables, fragiles, et il suffisait d'une lampe torche pour que quelqu'un appartenant au monde extérieur pénètre le nôtre. La personne qui avait laissé là cette friandise avait dû entendre notre dispute à propos du chocolat la veille. Pourtant, je ne considérais pas cela comme un geste de gentillesse, mais comme un acte de guerre.

— Je déteste cette pièce, dit Duncan.

— Tu l'aimais pourtant bien hier soir, aboyai-je, avant de le regretter immédiatement.

Ses épaules s'affaissèrent.

— Oh, Duncan, dis-je en lui ébouriffant les cheveux. Tu as fait peur à maman, c'est tout. Mais j'ai une surprise pour toi. On va faire quelque chose de rigolo.

— Quoi ?

— Tu verras.

Je ramassai une branche de peuplier que j'avais apportée dans la grotte un peu plus tôt et la taillai à l'aide de mon canif, toujours couvert du sang du poisson. Les yeux de Duncan s'élargirent en découvrant l'arme qui prenait forme. Il voulait jouer. Il prépara ses soldats.

Vingt minutes plus tard, j'étais en possession d'une lance légèrement tordue au milieu, mais si affilée que je pouvais à peine en presser la pointe avec mon pouce.

— Moi aussi je veux une lance ! s'écria Duncan.

— Peut-être pour Noël.

— Je m'ennuie. Je veux sortir.

Il s'agitait nerveusement dans la grotte, faisait des tours sur lui-même, bras écartés, jusqu'à ce que la tête lui tourne et qu'il tombe par terre.

— Demain, répondis-je, sans toutefois bien savoir quand les lieux seraient à nouveau sûrs.

Avant de me coucher, je fis rouler des rochers devant l'entrée du passage et en entassai quelques autres par-dessus.

— Comment on va faire pour sortir ? demanda Duncan.

— On poussera les pierres.

Nous nous allongeâmes sur nos sacs de couchage, je gardai la lance non loin de ma main droite.

— Tu as peur, maman ?

— Bien sûr que non. Ne dis pas n'importe quoi.

Je n'avais pas passé de musique depuis quelques jours parce que les piles étaient faibles. Mais j'avais besoin de John Denver, ce soir. Puisque je devais tendre l'oreille, à l'affût des moindres bruits à l'extérieur de cette pièce de boue et de pierre, je baissai le volume jusqu'à ce que sa voix ne fût plus qu'un murmure. Ce soir, les paroles ne me paraissaient pas heureuses. Elles ressemblaient à un avertissement. Après quelques minutes, j'éteignis la musique et restai éveillée dans l'obscurité, les yeux grands ouverts.

Le lendemain matin, je poussai les rochers et m'aventurai à l'extérieur de la grotte avec la plus grande précaution. Juste à côté de l'entrée, je découvris un nouveau Mars.

10

Tapie au clair de lune à l'abri d'un arbre, lance à la main, je surveillais l'entrée de la grotte. Après la découverte de la seconde barre chocolatée, Duncan et moi avions passé une autre journée à nous terrer dans la nouvelle pièce, et j'avais décidé que nous ne pouvions pas être prisonniers plus longtemps. Duncan endormi, j'attendis donc la venue de l'inconnu.

Les criquets étaient de sortie, ce soir ; j'avais les cheveux dans les yeux, à cause du vent. Les choses se mouvaient autour de moi, des créatures trottinaient à travers la paille séchée, dans les feuilles des arbres. L'escarpement grinçait comme une vieille maison, je guettais les bruits de pas. J'entendis un soupir à ma gauche, jetai un coup d'œil rapide et aperçus ce qui aurait pu être une robe vaporeuse.

— Linda, soufflai-je, et le vent emporta le voilage loin du bouquet de feuilles chatoyantes.

Je me souvenais si clairement de chaque instant du jour de la mort de Linda, de chaque geste, chaque mot.

Ce matin-là, j'avais rempli la boîte à déjeuner de Duncan d'un sandwich au beurre de cacahouètes, d'une pomme et d'un Snickers. Tenant Linda et Duncan par la main, je les avais accompagnés jusqu'à l'arrêt de bus. Notre conversation n'était guère plus qu'un ensemble de mots décousus, regarde ça, quand est-ce que, que penses-tu. Le genre de mots qui peuvent servir de base à n'importe quelle conversation. À demander quelqu'un en mariage ou bien à vendre une peinture. J'avais mis les enfants dans le bus et étais partie travailler.

Le vieux monsieur était arrivé à la boutique, il paraissait plus mélancolique que d'habitude. Il m'avait raconté une histoire à propos de sa première femme. Ils avaient loué un cabanon pour deux semaines au bord d'un lac ; il l'aidait à se laver les cheveux dans l'eau. Il se souvenait que son shampoing sentait le jasmin, que ses cheveux ressemblaient à de la soie, ondulant entre ses doigts. J'avais noué son bouquet, il avait repris sa route. Il n'y avait là rien qui sorte de l'ordinaire, rien de déraisonnable.

À treize heures trente, une femme que je ne connaissais pas était entrée dans le magasin en fixant les roses dans le réfrigérateur, comme en transe. Alors que je lui demandai si je pouvais l'aider, elle me répondit : « Vous êtes au courant ? » Bien entendu, je ne l'étais pas. Il n'y avait pas de radio dans la boutique. J'étais en train d'arranger des fleurs dans un vase et, lorsqu'elle se fut expliquée clairement, je me rappelle m'être interrompue sur-le-champ et précipitée hors du magasin, abandonnant là le bouquet qui contenait trop de grandes marguerites et pas assez de lierre.

Les routes n'étaient pas sûres ce jour-là. Des mères en furie tentaient de se rendre à l'école, elles coupaient les virages, ignoraient les feux orange, faisaient des queues-de-poisson aux autres conducteurs, déviaient de la route pour y revenir aussitôt, pires que des ivrognes. La police avait bouclé le périmètre, les sirènes hurlaient, des hélicoptères décrivaient des cercles au-dessus de nos têtes. Parfum d'herbe coupée et légère odeur de poudre. Un gros policier à la voix de crécelle n'arrêtait pas de nous repousser en agitant les bras et le groupe de mères, agglutinées les unes contre les autres, finissait par ne plus former qu'une seule mère – nous connaissions les mêmes recettes, nous faisions les mêmes nœuds, chantions les berceuses sur le même ton et n'avions qu'une même angoisse, qu'un même souhait. Derrière nous, nos voitures étaient garées n'importe comment, certaines avaient encore les clés sur le contact. Les journalistes étaient partout, mais personne ne souhaitait leur parler. J'avais tendu le cou en direction de l'école. Les enfants étaient retenus quelque part. Personne ne savait rien.

Du coin de l'œil, j'avais vu la mère de Linda. Elle était plus petite que les autres et se tenait sur la pointe des pieds pour essayer de voir quelque chose. Son visage était tendu, un muscle qui partait de la plante de ses pieds raidissait son cou. Plus tard, je m'étais repassé sans cesse cette image dans ma tête, mais dans mon imagination, je mettais mes mains autour de sa taille pour la soulever bien haut, au-dessus de la foule de mères, et son corps était si menu, si léger.

L'aube arriva sur le désert. Les étoiles avaient disparu, le ciel rosissait, mais la lune s'attardait parmi les nuages. Mon cou me faisait souffrir, la lance était lourde entre mes mains. J'entendis les bestioles du matin ramper jusqu'au rocher qui serait chaud d'ici midi. J'étais sur le point de rentrer dans la grotte quand j'entendis un bruit de pas. Pas du genre indistinct, pur fruit de l'imagination ou du tassement naturel des branchages. Tellement clair que mon cœur s'arrêta. Je m'accroupis et attendis.

Encore un pas. Je me baissai, pour être au plus près du sol. Cet inconnu ne mettrait pas un pied dans la grotte où dormait mon fils. Nous nous affronterions dans une lutte sanglante, d'abord, et les scientifiques du futur découvriraient nos dépouilles, ils enlèveraient la terre à l'aide de leurs toutes petites brosses et découvriraient mon squelette embrassant celui de l'inconnu. À travers les os de sa cage thoracique, ils trouveraient le bois taillé de ma lance artisanale.

Je retins ma respiration, l'inconnu qui approchait de l'entrée avait une allure si décontractée qu'on aurait pu croire un facteur venant déposer le courrier. Après mes heures de veille dans la terreur, je l'avais doté d'une taille de dix mètres, de la noirceur du démon, je l'avais pourvu d'armes et d'un grognement menaçant. Mais la clarté rosée du matin l'avait débarrassé de toutes ces horreurs. L'homme que je découvrais maintenant était grand, maigre, il portait un jean délavé et usé, des rangers et une chemise à carreaux par-dessus son tee-shirt. Il avait un sac à dos. Son visage était étroit, amical, surmonté de cheveux clairs ébouriffés ; il s'agenouilla, marqua un temps d'arrêt, gratta sa barbe fournie. Il sortit un Mars de sa poche de chemise et le tint devant lui, comme pour se protéger de l'éblouissement du soleil à l'aide d'un viseur en chocolat. Puis il plaça avec précaution la friandise près de l'entrée.

Je jaillis de ma cachette en poussant un cri. Il leva de grands yeux vers moi, figé.

— Que faites-vous là ? voulus-je savoir, ma lance pointée vers son cœur.

Sa bouche s'ouvrit, se referma. Je ne m'attendais pas à une telle immobilité de sa part. Je pensais qu'il se défendrait. J'étais prête à me battre. C'était mon destin, pensais-je même.

— Oh ! là, dit-il finalement sans quitter sa position à genoux. Pas besoin de me transpercer de si bon matin.

— Qu'est-ce que vous voulez ?

109

Il sourit et désigna le Mars, comme s'il s'agissait d'un message des vieux sages d'une tribu étrangère, dont il était le représentant, et que cela expliquait tout.

— Oui, je vois. Pourquoi m'apporter ça ? demandai-je.

Il tendit les mains, paumes tournées vers le ciel voilé.

— C'était seulement un cadeau. Je vous ai entendu parler de chocolat l'autre jour. Je me suis dit que vous aviez peut-être faim. C'est tout.

Sa barbe avait la couleur rouille des stalactites où l'on trouve du fer sous forme d'oligo-élément.

— Je ne veux pas de votre chocolat. Vous êtes un étranger. Je ne vous connais pas. Que voulez-vous ?

— Comme je disais. Rien. Si j'avais vraiment voulu quelque chose, vous ne croyez pas que je serais entré dans la grotte ?

Je ne lui répondis pas. J'étais presque déçue parce qu'il ne me faisait pas peur. Mon adrénaline n'était plus qu'un liquide inutile ici, comme du produit pour nettoyer les vitres, ou du parfum. Soudain, je fus prise d'une fatigue telle que je ne tins plus sur mes pieds.

— Je peux me lever ? demanda-t-il.

— Oui, mais n'approchez pas.

Il se mit debout, enfonça ses mains dans ses poches et donna un coup de pied dans un caillou.

— Si vous n'aimez pas les Mars, j'ai aussi des bonbons, remarqua-t-il.

— Vous ne m'aurez pas avec vos histoires de sucreries.

J'agitai ma lance pour insister un peu.

— Je n'ai pas peur de me servir de ça, si nécessaire. Vous voyez, j'en ai appris beaucoup sur moi, ces derniers temps. Je me suis longtemps crue incapable de faire du mal à une mouche. Mais je peux, si j'y suis forcée. Sans ciller. Peut-être que ça fait de moi quelqu'un de mauvais. Je ne sais pas.

Il me regarda un moment et se mit à rire. Il rit tellement qu'il ferma les yeux, en se tenant les côtes.

— Votre lance est tordue, s'étrangla-t-il.

— Et alors ? Elle est pointue.

Au prix d'un grand effort, il arrêta de rire. Lorsqu'il ne resta plus qu'un petit ricanement, il ouvrit les yeux, relâcha son ventre et se redressa.

— Lancez-la sur moi.

— Vous allez le regretter, dis-je.

— Allez-y.

Pourtant, j'hésitais, et comme s'il avait senti qu'il fallait un geste menaçant pour que je le tue de sang-froid, il fit un pas dans ma direction. Je lançai mon arme. Elle fit quelques mètres puis s'écrasa dans un buisson, éparpillant des baies violettes.

Nous restâmes silencieux un instant.

Il récupéra la lance et me la tendit.

— Je peux vous en fabriquer une meilleure, si vous voulez, proposa-t-il.

— Voilà qui irait à l'encontre du but recherché. Le tueur vagabond n'est pas censé aider

111

à la confection des armes pour se défendre de lui.

— Je suis un tueur vagabond ?

— Ou juste un enquiquineur. Je n'arrive pas vraiment à me décider, rétorquai-je.

— Vous êtes drôle. Comment vous appelez-vous ?

— Je n'ai pas de nom.

— Vous êtes très mystérieuse. Vous devriez rencontrer mon ex-femme. Elle n'a pas de nom non plus.

Il tendit la main, la laissa retomber comme je ne la prenais pas.

— Moi, c'est Andrew. Pardon de vous avoir fait peur. Je ne voulais pas. Mais j'avais entendu votre voix l'autre jour, et vous aviez l'air effrayée, ou en colère. Je vous ai aperçue, une fois, vous vous baigniez dans le fleuve.

— Vraiment ?

— Je n'ai rien vu, ajouta-t-il très vite. J'ai détourné les yeux.

— Que voulez-vous ? Pourquoi êtes-vous ici ?

— Vous voulez dire, ici ? dit-il en écartant largement les bras. Au milieu de nulle part ? Je cherche un peu de paix. Un endroit qui me permette d'oublier quelqu'un.

Il paraissait malheureux. Je soupirai, baissai mon arme mais ne lui demandai aucune autre explication.

— Allez, dites-moi votre nom, reprit-il.

— Martha.

— C'est un joli nom. Alors, Martha, qu'est-ce que...

— Écoutez, c'était sympa de discuter avec vous, je vous souhaite bon vent, mais c'est ma grotte, ici, et surtout, c'est mon secret. Je dois vous demander de me laisser tranquille. J'en ai pas mal bavé, et si vous êtes aussi gentil que vous en avez l'air, vous respecterez ça.

— Je sais que vous avez souffert. Pour qu'une femme choisisse de venir vivre toute seule dans ce désert, elle doit forcément avoir souffert.

Je faillis lui rappeler que je n'étais pas seule, puisque j'avais mon fils avec moi, mais je m'abstins.

— Je me débrouille bien, pour une folle.

— La folie, c'est très subjectif. Surtout ici. J'ai été accusé de folie par des femmes. Selon moi, ce n'était que de l'amour.

— Au revoir, Andrew.

Je lâchai ma lance et me dirigeai vers la grotte.

— Il y a plusieurs choses que vous faites de travers, dit-il.

Je m'arrêtai et me tournai vers lui.

— Comme quoi, par exemple ? demandai-je.

Il balaya du regard les alentours et remarqua la tête du poisson-chat.

— Il ne faut pas laisser de nourriture à l'entrée d'une grotte. Ça attire les animaux et les insectes, ce n'est pas recommandé. Il faut aussi que vous fassiez attention quand vous vous baignez dans le fleuve, il est pollué. On y a même trouvé des traces de cyanure, près des anciennes mines de mercure. Évitez le contact de votre bouche avec l'eau.

— Et les poissons-chats ? Ils sont comestibles ?

— Ça ne m'a jamais fait de mal, dit-il en haussant les épaules.

— Vous êtes ici depuis combien de temps ?

— Je ne sais pas trop. Je ne compte pas les jours. Pourquoi ça vous intéresse si vous ne quittez plus jamais cet endroit ?

Je ne savais pas pourquoi je continuais à lui parler, pourquoi je ne l'avais pas envoyé promener. Soudain, je me rendis compte de la solitude que j'avais éprouvée. Mais sa présence ici était une menace pour moi. Si lui avait pu me trouver, David le pourrait aussi.

— Pourquoi avoir choisi ce désert, entre tous ? lui demandai-je.

— J'avais un ami de fac qui étudiait la géologie. Il avait fait sa thèse sur les concrétions rocheuses des environs. J'ai passé un mois à camper avec lui au bord du fleuve, un été. Il disait toujours que ce désert était magique. Qu'ici, tout est possible.

Je me souvins des mots du vieil homme. Il avait utilisé la même expression. J'eus une vision fugitive de ce vieux monsieur essayant de séparer ses deux femmes en colère s'éclaboussant dans le fleuve.

— Laissez-moi vous expliquer une chose. Je n'ai pas cherché à me retrouver au milieu de nulle part pour être confrontée à un autre déséquilibré. À en croire mon mari, je suis bien assez folle moi-même. Alors si vous…

Je m'interrompis. Duncan, à demi habillé, les yeux gonflés par le sommeil, venait de faire son apparition devant la grotte.

— Papa ?

— Duncan ! m'écriai-je. Rentre tout de suite dans la grotte !

Duncan regarda Andrew.

— Tu n'es pas papa.

Je m'approchai de mon fils et me tournai vers Andrew.

— Mon fils parcourt la planète, à la recherche de son père. Le problème, c'est que je suis tellement dévergondée qu'il n'a aucune idée de son identité.

Je posai la main sur l'épaule de Duncan.

— Duncan, voici Andrew. Il allait partir.

— Salut, petit, dit Andrew. Comment tu vas ?

— Tu as apporté du chocolat ? demanda Duncan.

Je répondis à sa place.

— Non, chéri. Retourne dans la grotte.

Je me tournai vers mon fils et le poussai un peu. Duncan avança d'un pas, s'arrêta, je le poussai à nouveau. Et encore une fois. Enfin, il pénétra dans l'entrée et disparut.

— Il a la tête dure, dis-je. Mais c'est un bon garçon, surtout si l'on pense à ce qu'il a vécu.

— Quel âge a-t-il, Martha ?

Andrew avait pris une voix douce, inquiète. S'il était un mauvais homme, il était véritablement le plus grand acteur du désert de notre époque. Mon prénom résonnait étrangement à mes oreilles. David était la dernière personne à l'avoir prononcé, la veille de mon départ. Il me l'avait soufflé à l'oreille, dans notre lit, dans notre pavillon de banlieue. Désormais, mon nom me semblait étranger. Peut-être n'était-ce pas Martha, après tout. Peut-être était-ce Julie, ou Gretchen.

— Duncan a six ans. Nous voulons la même chose que vous. Vivre en paix. Le désert est vaste. Allez ailleurs.

— Je comprends votre besoin de paix. Je m'inquiète pour vous, c'est tout.

— Vous ne me connaissez même pas.

— Vous êtes sûre que ça ira ?

— Tout à fait. Je suis bien plus heureuse que je pourrais l'être dans le monde réel.

Il me regarda.

— Je comprends. Moi aussi je suis plus heureux ici. Je retrouve ma vie.

— Eh bien allez la retrouver ailleurs, en aval du fleuve.

Il ramassa son sac à dos.

— Une dernière chose, dit-il.

— Quoi ?

— Je pense que vous n'êtes pas folle, pas plus que moi.

Je le regardai s'éloigner, cet inconnu qui portait le prénom de mon père.

11

Pendant tout ce temps, la grotte avait tenu les mauvais rêves à l'écart, elle leur en avait refusé l'entrée, tout comme la lumière céleste. Maintenant, elle laissait le cauchemar m'emporter, me ramener dans l'Ohio, mon pied écrasant l'accélérateur du vieux break. Au loin, je distinguais l'école, les gyrophares de la police, les équipes de télé pointant leurs caméras vers le bâtiment de brique rouge. Toutes les mères s'étaient rassemblées. Toutes sauf une.

Vieille, malade, elle était couchée. Plus tard, elle serait réveillée par la police, parce que son fils était à l'école pendant qu'elle dormait. Elle dirait, ce n'est pas possible, ce que vous me racontez. Mon fils est un homme bon. Il me donne une partie de son argent tous les mois. Il répare ma plomberie, ma chaudière. Et les quintefeuilles dans les bordures de l'allée, c'est lui qui s'en occupe. Il ne peut absolument pas avoir fait ça. Vous vous trompez de personne.

Je me trouvais maintenant parmi les femmes debout dans la cour de l'école, certaines vêtues de tailleur, qui avaient été surprises en pleine journée de travail. D'autres avaient encore un stylo à la main ; les mères étaient tellement pressées les unes contre les autres, qu'une d'entre elles avait gribouillé sur la manche claire de la femme à côté d'elle. Autour de moi, certaines étaient en larmes.

Il est toujours trop tard, quand policiers et mères se rassemblent. Un policier approchait, le silence s'abattit sur nous, la mère de Linda, toujours petite, toujours à côté de moi, toujours debout sur les pointes de pied. Et l'homme semblait avancer dans la mélasse, le temps ralentissait à mesure qu'il progressait. Le silence était total autour de moi, la foule s'écartait autour de la mère de Linda, le flic se dirigeait vers elle, je ne parvenais pas à savoir quelle était l'expression de son visage. C'était une loterie atroce ; ça aurait pu être n'importe laquelle d'entre nous, mais nous nous éloignâmes de la mère de Linda. Nous l'évitions, gagnées par le soulagement.

Au dernier moment, le policier s'arrêta. Il tourna la tête et me regarda.

12

Nous passâmes la journée à emménager à nouveau dans notre salle initiale, où les histoires avaient gardé leurs formes anciennes ; nous étions de retour au bord du lac et sur les pierres lisses, où j'installai nos sacs de couchage. Je travaillai en silence, perturbée par mon rêve. C'était la faute d'Andrew, l'inconnu. Bien qu'apparemment inoffensif, il nous avait privés de notre solitude. Je savais que nous enfoncer dans la grotte ne nous aiderait pas. Je n'avais pas plus de moyens de contrôler notre destin ici que dans l'Ohio. Ma propre impuissance me hantait.

— C'était qui, le monsieur ? demanda mon fils pour la centième fois.

— Je te l'ai dit et redit, Duncan, c'est un inconnu. Il ne faisait que passer.

— Il s'appelle Andrew ?

— Oui.

— Pourquoi tu m'as forcé à rentrer dans la grotte ?

— Parce que tu n'es pas censé parler aux inconnus.

— J'aurais pu lui donner un message. Et il aurait pu l'apporter à papa.

— Andrew n'allait pas dans cette direction.

— Il va revenir ?

— Non.

Duncan eut l'air déçu.

— Peut-être quelqu'un d'autre va venir. Peut-être un enfant avec qui je pourrai jouer, espéra-t-il.

— Ne dis pas ça !

Je me repris et poursuivis, un ton plus bas.

— Nous devons faire attention à qui nous parlons, chéri. Tu te souviens, on essaye de rester secrets. D'accord ?

— Je n'aime pas rester secret. Je m'ennuie.

Nos provisions avaient duré deux fois plus longtemps que je ne l'avais estimé, mais nous commencions à manquer de conserves de viande, aussi décidai-je de retourner pêcher, Dieu me vienne en aide. Il était encore tôt, ce jour-là, il n'y aurait pas trop de bateaux sur le fleuve, mais il fallait se montrer prudent.

— Ne m'embête pas, demandai-je à Duncan en allant chercher mon équipement de pêche. Nous allons pêcher, c'est comme ça et pas autrement !

— D'accord, maman, dit-il gaiement.

— Tu le fais exprès, hein ?

— Quoi ?

— Non, rien.

Lorsque nous arrivâmes au fleuve, le soleil avait déjà rempli le cœur de la gorge et gagnait l'extérieur. Nous prîmes place et commençâmes à pêcher. Trente minutes s'écoulèrent, mon bouchon demeurait immobile. Les poissons-chats dormaient encore, ou alors ils se racontaient l'histoire de leur ami sorti manger un morceau de corned-beef et qui n'était jamais revenu.

— Maman, si on allait au canyon ? proposa Duncan.

Les parois du canyon étaient envahies de nids d'hirondelles à front blanc dont il voulait voir les petits. Duncan avait toujours été fasciné par les oiseaux. Il avait quatre ans quand, un jour, il avait découvert un bébé merle bleu à la lisière de la forêt. Il l'avait rapporté à la maison, mis dans une boîte à chaussures. Le lendemain après-midi, en regardant par la fenêtre de la cuisine, je l'avais aperçu, agenouillé près de la boîte, dans le jardin. Je n'arrivais pas à voir ce qu'il fabriquait, et sortis donc mener l'enquête. Je jetai un coup d'œil dans la boîte, le petit oiseau était mort. Et Duncan était à genoux, les yeux fermés. Je lui avais demandé ce qu'il faisait et il m'avait répondu qu'il essayait de prier pour lui rendre la vie.

— Je suis désolée, chéri, mais l'oiseau nous a quittés, tu dois l'accepter.

J'avais glissé ma main dans la boîte et sorti l'oiseau, au corps froid et doux. Duncan avait enterré son oiseau à côté des gardénias et dans l'arôme de ces fleurs, il s'assura pendant un mois entier qu'aucune mauvaise herbe ne pousse sur la tombe.

En me remémorant cette anecdote, j'ébouriffai les cheveux de Duncan. L'histoire du merle bleu était une histoire de mère. Elle ne nécessitait ni début ni fin, et ses qualités épiques n'étaient pas le fruit de grandes guerres ni de folles aventures, elles tenaient à une coupure sur un doigt, à une note sur une copie, un brin de nature trouvé dans les bois qui ne prenait même pas toute la place au creux d'une main. J'aurais pu raconter des histoires si brèves qu'elles se résumaient à des détails : ses mains tendues pour attraper quelque chose que je lui avais lancé, sa façon de se mordre la lèvre quand il dessinait, la position de son corps lorsqu'il se trouvait devant un dessin animé. Une écrevisse s'écartant à cause d'une pichenette de ses doigts et filant dans un gobelet en carton.

— Pourquoi tu souris ? s'enquit Duncan.

Les petits garçons ne peuvent pas comprendre les idioties de leurs mères, capables de les gronder un instant et, le suivant, de les aimer au point d'en être déchirées.

— Je souris parce que je suis heureuse. Et oui, si on fait bien attention à ne pas se faire repérer, on peut pêcher dans le canyon.

Assise sur un rocher, en bas, j'observais les tourbillons de mon bouchon dans l'eau. Il était parfois difficile de déterminer si ce que je sentais était dû au courant ou à un poisson, à l'eau ou à un être vivant. Duncan s'était aventuré au bord de l'escarpement et observait les oiseaux.

— Duncan ? lançai-je. Tu surveilles ?

— Oui, maman, répondit-il.

Je me remis donc à pêcher, mes jambes pendaient dans l'eau froide et sombre, et je pensai à Andrew. J'étais agacée qu'il ait brisé notre solitude, fait revenir mon cauchemar et m'ait rappelé à quel point les conversations entre adultes me manquaient. Ainsi, il avait eu des problèmes de cœur. Je voulais lui dire que la portée d'une femme est infinie, qu'il pouvait s'envoler pour une lointaine planète, la voix de cette femme résonnerait encore dans les dunes, dégoulinant de sarcasmes. Après tout, j'étais le problème de cœur d'un autre homme. J'avais lu cette expression tragique sur le visage de David. Je pensais que le mariage reposait sur une profonde compréhension mutuelle, que deux personnes ne faisaient plus qu'une seule et que tous les secrets étaient connus de l'autre. C'était un mensonge ; après un temps, ce qui restait inconnu en vous se mettait à brûler, comme un puzzle inachevé que l'on jette au feu.

Je vérifiai que le corned-beef était toujours là, replongeai l'hameçon dans l'eau. Immédiatement, le bouchon disparut. Je sortis un poisson-chat, bleuâtre, d'une taille plus raisonnable que le monstre que j'avais attrapé la première fois. Je parvins à retirer l'hameçon de sa bouche à l'aide d'un petit bâton et plaçai le poisson sur une gaffe de ma fabrication, composée de fil de fer et d'une boucle de ceinturon.

— Duncan, appelai-je. Viens voir ce que maman a trouvé.

Il ne répondit pas.

— Duncan !

Ça y est, c'était reparti. Il voulait me faire avoir une attaque. Je lançai mon poisson sur la rive et grimpai au rocher, courant vers les parois du canyon.

— Duncan !

— Hé ho, maman !

Sa voix venait du haut. Je m'arrêtai net dans ma lancée et levai la tête.

— Duncan ! hurlai-je.

Il se tenait sur une corniche, quinze mètres au-dessus de la falaise escarpée, et désignait un nid d'hirondelle.

— J'y suis presque ! me lança-t-il.

— Duncan, reste où tu es ! ordonnai-je. Tu m'entends ? Ne bouge pas !

— Qu'est-ce qui ne va pas, maman ?

— Si tu avances d'un seul centimètre, je te jure que tu ne remettras pas un pied dans ce canyon. Reste où tu es !

J'avais laissé mon fils grimper une falaise de calcaire et maintenant il était en difficulté. J'ôtai mes chaussures et cherchai une prise où poser le pied. J'en trouvai une et me hissai.

— Tu peux y arriver, maman ! cria-t-il pour m'encourager.

— Ne bouge pas !

Mes mains tremblaient. Je testai les racines d'un buisson qui poussait sur la paroi ; elles étaient résistantes. Je tirai sur les branches de toutes mes forces, trouvai une autre prise et progressai de soixante centimètres. Je n'avais pas la moindre idée de la façon dont je m'y prendrais pour faire descendre mon fils de là. Je savais seulement qu'il fallait que j'arrive jusqu'à lui. Je fermai les yeux, calmai ma respiration. *Je suis une mère négligente, Seigneur. J'ai laissé mon fils se mettre dans cette situation. S'il vous plaît, venez-nous en aide quand même.* Je continuai à grimper, je montais aux parois du canyon sans oser regarder en bas.

Duncan m'observait.

— Tiens-toi tranquille ! criai-je. J'arrive !

En tâtant la paroi, je trouvai une aspérité dans la roche qui pouvait me servir de prise. Je plaçai le bout de mon pied dans le rocher et montai un peu plus, mais la pierre s'effritait sous ma main. Je cherchai quelque chose où m'agripper ; désespérée, je répartissais le poids de mon corps sur un pied puis sur l'autre. Là, quelque chose se brisa, la roche ou la chance, et je glissai le long de la paroi, ma tête heurta violemment la pierre et le monde devint aussi noir que les yeux d'un poisson-chat.

13

Je m'éveillai au beau milieu de mes propres funérailles, événement silencieux, flou, tourbillonnant, dans un tournoiement de bougies et un chœur de stalactites. Je sombrai à nouveau dans l'obscurité, revins à moi, apercevant le halo jaune de la flamme d'une bougie. La douleur dans ma tête s'intensifia lorsque je prononçai ces mots :

— Où est-il ? Où est-il ?

Les funérailles s'effondrèrent, se replièrent sur elles-mêmes et les stalactites s'abattirent sur moi comme des lances, me clouant dans l'opacité.

14

J'ouvris les yeux. J'étais allongée sur le dos, dans la grotte, sur le sac de couchage. Toutes les bougies scintillaient. En levant les yeux, je distinguais des vagues blanches au plafond.

— Où est-il ? demandai-je aux vagues.

— Vous voulez parler de Duncan ?

J'avais déjà entendu cette voix. Je n'arrivais pas à me souvenir dans quel monde, dans quelle vie. Le contexte m'échappait. Un visage apparut dans mon champ de vision. Un sourire amical, une barbe couleur rouille, deux yeux bienveillants.

— Andrew, dis-je.

— C'est moi.

— Où est mon fils ?

— Il est là, Martha. Il va bien.

Je me redressai et parcourus la grotte du regard. Duncan était assis au bord du lac, les mains croisées, l'air coupable et triste.

— Oh mon Dieu. Mon bébé. Viens par ici.

Duncan vint s'agenouiller à côté de moi.

— Pardon, maman, murmura-t-il. Je voulais juste voir les bébés oiseaux.

Je lui caressai le visage.

— Tu ne t'es pas rendu compte comme c'était dangereux ? Comme tu as fait peur à maman ?

— Je te demande pardon.

— Bien. Ça va. Allonge-toi à côté de moi.

Respectant ce moment, Andrew demeura assis en tailleur, une serviette humide entre les mains, sans rien dire. Ma tête me lançait, mais la respiration de Duncan près de mon visage éloignait un peu cette douleur. Je me tournai vers Andrew.

— Vous nous avez sauvés, dis-je.

— Non. Je vous aurais sauvée si j'étais arrivé avant la chute.

— Presque.

— Quand je vous ai entendue crier le nom de Duncan, je me suis douté que vous aviez des ennuis. Alors je me suis mis à courir. Je suis arrivé, vous étiez déjà sur le dos, KO.

— Comment avez-vous réussi à faire descendre Duncan ?

— De la même manière que je faisais descendre mon chat d'un arbre. En le soudoyant. Je lui ai dit qu'il aurait du chocolat s'il descendait. Ce gosse est un vrai cabri.

— J'ai mal à la tête.

— Vous avez peut-être une commotion cérébrale. Vous devriez voir un médecin.

— Je crois justement en voir un, juste au coin, là. De l'eau dégouline de son stéthoscope.

— Non, vraiment, je ne plaisante pas.

— Et comment pourrions-nous en trouver un, ici ?

— Eh bien, comment êtes-vous arrivée jusque-là ? rétorqua-t-il.

— Avec un canot.

— Vous l'avez toujours ?

— Je l'ai caché dans les roseaux. Je ne sais même pas s'il flotte encore.

— Nous pourrions intercepter un bateau, suggéra-t-il.

— Non. Vous ne comprenez pas, Andrew. Je suis une fugitive. J'ai emmené mon fils dans une grotte, et la justice ne voit généralement pas ce genre de choses d'un bon œil. Si je suis découverte, ils emmèneront Duncan loin de moi.

— Je ne m'en ferais pas trop pour ça.

— Eh bien moi si. Et je refuse d'aller voir un docteur.

— Votre cerveau est peut-être en train de gonfler.

— Un petit pois qui devient une bille. Ça va, j'ai encore de la place.

Je ne voulais plus parler. Je voulais juste que les choses reviennent comme elles étaient quelques jours plus tôt, avant qu'Andrew ne fasse irruption dans notre vie. Je voulais lui ordonner de quitter la grotte, maintenant que j'étais vivante et que mon enfant était en sécurité. Mais mon esprit semblait incapable d'articuler des mots assez polis. Après tout, il nous avait sauvé la vie, même si l'on pouvait argumenter en disant que notre situation difficile était en quelque sorte de sa faute, qu'en nous découvrant il avait fait tourner notre chance. Je ne lui demandai pas de partir. Je préférai fermer les yeux et me reposer ; ma tête, en retombant, vint toucher celle de Duncan. La lueur des bougies diffusait de la chaleur. La douleur dans ma tête battait au rythme cardiaque d'un bébé hirondelle, rapide, légère, et je m'endormis.

Ce dut être la crainte de gâcher les bougies qui me fit me réveiller. J'avais toujours mal au crâne, mais ma vision s'était éclaircie. Je relâchai doucement Duncan, qui dormait profondément, et rampai dans la grotte pour souffler les bougies, appréciant l'odeur infime libérée par les mèches fumantes. Je laissai allumées celles qui entouraient le lac, et Andrew. Il dormait dans la position du lotus, contre un rocher, tête penchée vers la droite. Sa peau luisait, la lumière se faufilant par un trou dans sa chemise éclairait un petit cercle de peau.

Sa tête se releva, roula d'une épaule sur l'autre. Il croisa les bras dans son sommeil, tendit une jambe. Quelle était-elle, l'histoire d'Andrew ? Quelque chose avait dû le conduire jusque-là. Et s'il avait ses propres mauvais rêves, et s'il s'avérait que l'on partageait les cauchemars dans cette grotte, comme l'oxygène et la musique ? Je ne voulais pas des siens. J'avais parcouru plus de mille cinq cents kilomètres, enfreint toutes les lois pour me débarrasser des miens.

Mais je ne pouvais le forcer à partir. J'avais besoin de lui. Eh oui, peut-être avait-il fait en sorte que j'aie besoin de lui, de la même façon que les couteaux et le coton étaient venus aux tribus primitives avant de leur devenir indispensables, mais il était là et j'avais failli laisser mourir mon fils aujourd'hui, par pure négligence. Je me rendis compte, dans une grande douleur, que, même dans le désert, les événements demeuraient imprévisibles. Duncan et moi pouvions vivre ici à jamais sans que le moindre accroc survienne, ou demain quelque chose de terrible pouvait soudain se produire, à l'improviste. Andrew, cet homme qui avait sûrement apporté ce besoin de sauveur en même temps que le sauvetage lui-même, pouvait m'aider à veiller sur mon fils. C'était le cadeau qu'il pouvait apporter, même s'il avait un prix.

Andrew ouvrit les yeux.

— Comment te sens-tu ? demanda-t-il doucement, par égard pour mon fils endormi ou ma tête souffrante.

— J'ai encore mal à la tête, mais moins.

— Bien, fit-il en se grattant la barbe.

— Hier tu m'as dit que tu partirais. Mais tu ne l'as pas fait.

— Tu avais besoin de moi. Tu es complètement dépassée, ici.

— Toutes les mères sont dépassées. Le truc, c'est de prétendre le contraire.

Je jetai un œil vers Duncan, qui dormait toujours profondément. Donner à sa mère à la fois une crise cardiaque et une commotion cérébrale avait dû l'épuiser.

— Si seulement tu n'étais jamais venu ici, Andrew.

— Veux-tu que je parte ?

— Tu partirais vraiment ?

— Oui.

Je remarquai son sac à dos, posé sur une tablette de pierre, comme s'il avait sa place ici.

— Non, tu ne partirais pas. Tu as déjà forcé le passage pour entrer dans notre vie en y invitant tous ces événements imprévus. Tu erreras aux environs, sans te faire voir, jusqu'à notre prochaine chute d'une falaise ou jusqu'à ce qu'une buse emporte mon fils, ou qu'un grizzly venu d'Alaska commence à nous dévorer. Là, tu nous sauveras encore de quelque chose qui nous aurait engloutis si tu n'avais pas été là.

— Tu sembles dire que j'ai tout gâché. C'est bien la dernière chose que je souhaitais faire.

— Je suis injuste. Tu m'as sauvée aujourd'hui. Tu as sauvé mon garçon. Tu as déjà entendu ces histoires de femmes qui perdent leur enfant et parviennent à continuer de vivre ? C'est leur choix, pas le mien. Je refuse de vivre sans mon fils. S'il mourait aujourd'hui, je mourrais aussi.

— Tu dois l'aimer énormément.

— Je l'aime trop. Je ne m'en excuse pas.

Il balaya la pièce du regard.

— Tu as éteint quelques bougies, remarqua-t-il.

— Tu gaspillais la lumière.

Ses yeux se posèrent sur le lac, dont la surface scintillait toujours.

— Tu as laissé le lac allumé.

— C'était tellement beau. Je me suis dit que tu aimerais peut-être voir ça en te réveillant.

— Tu as raison.

Il se leva, disparut brièvement dans l'obscurité et émergea au bord de l'eau.

— Elle est froide ? lança-t-il de l'autre bout de la salle.

— Pas si tu te persuades du contraire. Duncan et moi, on s'y baigne tout le temps.

— C'est comment ?

— Comme nager dans un conte de fées. Vas-y. Plonge.

Il hésita, déboutonna sa chemise et la laissa glisser par terre. Son torse était élancé, ses muscles secs et tendus. Et si Duncan était tombé de cette corniche ? Andrew aurait-il eu la force de le rattraper ? Je le regardai défaire son pantalon. Son odeur semblait se libérer à mesure qu'il se déshabillait. Il se retourna à demi et enleva son caleçon, exposant son flanc pâle. Je retins ma respiration, surprise. Si une professionnelle du savoir-vivre avait officié dans cette grotte, elle aurait parlé d'une nudité inappropriée. Mais elles étaient toutes loin d'ici, dans un monde plein de règles et de violence.

Andrew s'enfonça dans le lac et je me levai, traversai les ténèbres pour m'asseoir dans la lumière des bougies et le regarder nager. Les poissons aveugles le fuyaient, les muscles de son dos se tendaient, ses pieds nus s'agitaient.

Il revint en surface, souffla, secoua la tête et des gouttelettes d'eau fraîche s'écrasèrent sur mon visage, mes bras.

— C'est super froid. Mais quelle sérénité.

Il replongea dans l'eau jusqu'au menton.

— Je comprends pourquoi tu voulais que personne ne te trouve.

Je ne dis rien.

— Y a-t-il quelqu'un en particulier qui souhaite te retrouver ? continua-t-il.

— Comme qui ?

— Comme un mari ?

— Je n'ai pas de problème avec ta nudité. Mais tu es trop curieux, c'est malpoli.

— Pardon.

Pour s'excuser, il replongea la tête sous l'eau, puis reparut à la surface.

— Je vais te répondre, Andrew, dis-je. J'imagine que ce n'est pas grave. J'ai un mari. Il s'appelle David et il vit dans l'Ohio. Nous nous sommes séparés à cause d'un problème de foi.

— Tu veux dire, à cause du choix de l'église ?

— Si seulement c'était aussi simple.

— Tu crois qu'il te cherche ?

— J'en suis sûre. Et ça m'angoisse, parce qu'une fois qu'il s'est mis quelque chose dans la tête on ne peut plus l'arrêter.

— Tu l'aimes toujours ?

— Oui. L'amour s'est bien débrouillé, ici. Il est devenu tout à fait supportable en fait. Bien sûr, je ne me sens pas très bien à l'idée de tenir Duncan éloigné de son père.

— Un garçon a besoin de son papa, ça, c'est sûr, acquiesça-t-il.

— Mon mari me croit folle. C'est difficile de vivre avec ça. Imagine que la personne que tu aimes pense ça de toi.

Il posa les mains à plat sur l'eau et décrivit lentement un arc de cercle.

— Tu n'es pas folle, déclara-t-il.

— Comment le sais-tu ?

— Tu ne t'exprimes pas comme les folles sont censées s'exprimer.

— C'est-à-dire ?

— Comme mon ex-femme. Comment va ta tête ?

— Mieux.

— Tu n'as pas de nausées ?

— Non. De temps en temps les bougies vacillent bizarrement et la grotte tourne un peu, comme un manège. Mais j'ai l'esprit clair. Sauf si tu n'es pas nu. Alors là ça voudrait dire que j'ai un problème.

— Tu n'as peut-être rien. Je ne sais pas. Je ne suis pas médecin.

— Tu es quoi ?

— Rien, en fait. Et je ne veux rien être. Enfin, pas pour l'instant.

Je sentis un élancement dans mon bras. Je baissai les yeux et vis un bleu qui grandissait, les limites rosées gagnant sur la partie osseuse de mon poignet.

— Revenons à notre problème, pour savoir si oui ou non tu restes, d'accord ? fis-je.

— Bien.

— Tu fais des cauchemars ?

— Ça m'arrive.

— C'est la règle numéro un, ici : pas de cauchemars. Ça dérange les chauves-souris.

— D'accord, pas de cauchemars.

— Et tu devras m'aider à protéger mon fils contre tout danger, toute menace. C'est ainsi que tu mériteras ta place parmi nous.

— Je t'aiderai à protéger ton fils.

— Troisièmement, tu devras nous aider à échapper à mon mari.

Il me jeta un regard solennel et leva une main mouillée.

15

À mon réveil, je vis que les galets de notre calendrier ne formaient plus une petite pile, mais un cercle autour de nos sacs de couchage. Andrew était déjà debout. Me tournant le dos, il s'activait autour du camping-gaz ; le butane commençait à manquer. J'avais encore mal au crâne à cause de ma chute, aussi clignai-je des yeux à plusieurs reprises pour m'assurer qu'Andrew n'allait pas disparaître. Mais il resta à sa place, torse nu, affairé, la lueur des bougies révélant un ensemble de grains de beauté au milieu de son dos.

— Andrew ?

Il tourna la tête.

— Ah, tu es réveillée. J'avais peur que tu aies succombé à ta blessure à la tête pendant la nuit et qu'on soit obligés de t'enterrer.

— C'est très gentil.

Duncan remua, se mit sur le ventre et se rendormit.

— Pourquoi as-tu arrangé notre calendrier autour de nos sacs de couchage ? demandai-je à Andrew.

Il ne répondit pas tout de suite. Il versait de l'eau bouillante dans deux tasses.

— Pour notre protection, dit-il en attrapant la boîte de café instantané dont il dévissa le couvercle.

— Les cailloux sont censés nous protéger ?

— Aie un peu la foi. Ce sont des pierres magiques. Bien entendu, elles ne seront investies de leur pouvoir que lorsque le cercle sera complet.

Je jetai un coup d'œil à son sac de couchage, près du lac.

— Et toi, qu'est-ce qui va te protéger ?

— Mon charme naturel.

— Oh... Alors tu risques une mort atroce.

Il remua le café en poudre et me tendit une tasse.

— C'est très bizarre, dis-je. De me réveiller et de te voir là. Et tu as déjà trouvé le café. Tu as déjà pris le relais dans le comptage des jours. Je n'imaginais pas que ça prendrait cette tournure.

— Comment tu imaginais ça ?

Je haussai les épaules.

— Des rochers, de l'eau, la paix.

— Tu l'as toujours, dit-il.

Je n'en étais pas certaine. Il posa sa tasse et s'approcha du lac, où il se rinça le visage. Duncan s'assit, se frotta les yeux et regarda Andrew.

— Il est toujours là ? demanda Duncan.

— Oui, chéri.

Duncan lança ses bras autour de moi et me serra très fort.

— Merci, maman, murmura-t-il. Merci.

*

Andrew et moi étions tournés vers l'amont du fleuve, dans la douce lumière matinale, la roche encore fraîche contre nos jambes nues ; Duncan zigzaguait autour des cailloux, à la poursuite d'un lézard marron.

— Il n'en a toujours pas attrapé un seul, le pauvre, dis-je. Ils sont trop rapides pour lui.

— Qu'est-ce qui est trop rapide ?

— Les lézards.

— Je peux lui en attraper un.

— Non, c'est son défi. Nous n'avions pas ce genre de lézards dans l'Ohio. C'étaient plutôt les écureuils.

Andrew promena son regard sur le fleuve.

— Alors, c'est d'ici qu'on fait le guet, c'est ça ?

— Et ça marche plutôt bien. Il n'y a pas grand monde qui vienne à pied jusqu'ici. Un homme est venu à cheval, une fois. Tous les jours, je surveille ce fleuve en me demandant si aujourd'hui, mon mari arrivera par bateau. Une partie de moi pense qu'il ne pourra jamais nous trouver. Mais c'est un homme déterminé et très intelligent.

Andrew rapprocha ses genoux de son torse.

— Il n'est pas si intelligent que ça, s'il vous a laissés vous enfuir.

Un lézard arriva sur un rocher tout proche et la tête de Duncan apparut ; il plissa ses yeux de prédateur. Je vis sa main se lever tranquillement, dans un mouvement régulier. Le lézard bondit soudain sur une branche d'*Agave lechuguilla* et la main de Duncan s'abattit trop tard sur le rocher.

— Ah ! cria-t-il.

J'éclatai de rire.

— Pourquoi tu ris ? demanda Andrew en se tournant vers moi.

— Duncan. Il a l'obstination de son père.

— Je peux te poser une question ? Tu as reconnu toi-même que tu aimais ton mari. Qu'y aurait-il de si terrible s'il vous retrouvait, Duncan et toi ?

— D'abord, il lui est arrivé quelque chose. Il a perdu l'esprit et Duncan ne peut pas être confronté à ça. Ensuite, il nous ramènerait dans l'Ohio, et ce n'est pas sûr.

— L'Ohio n'est pas sûr ?

— Tu n'es pas au courant, n'est-ce pas ? J'imagine que tu devais déjà être ici quand c'est arrivé.

— Quand quoi est arrivé ?

À ce moment-là, Duncan courut vers moi, ses cheveux blonds virevoltant dans tous les sens.

— Tu as vu, maman ? demanda-t-il, complètement essoufflé. J'ai failli l'attraper !

— Tu y étais presque, chéri, dis-je.

Mais Duncan était déjà reparti à la chasse, sur les traces de ces créatures habituées à passer les fins de matinées à somnoler sur les rochers, maintenant devenues des fugitives, fuyant pour leur vie.

Je savais qu'Andrew attendait que je poursuive mon récit, mais je ne dis rien.

— Tu sais ce qui est drôle ? dit-il enfin. Tu as fui ton mari et ma femme m'a fui. Je me demande si ton mari a été aussi surpris que moi, le jour où je me suis réveillé en trouvant la maison vide.

— Tu ne l'avais pas vu venir ?

— Pas du tout. Je croyais vraiment qu'elle était heureuse. C'est vrai, nous avions des hauts et des bas, comme tous les couples. J'avais changé de travail, mais je croyais qu'elle appréciait le fait que je passe un peu plus de temps à la maison. Elle ne se plaignait jamais. Jamais elle ne m'a fait asseoir en me disant : « Écoute, ceci ou cela va devoir changer, ou je me casse. » Crois-moi, je l'aurais écoutée, si elle l'avait fait. Au lieu de ça, elle faisait comme si tout allait bien et, pendant ce temps, elle se préparait une nouvelle vie.

— Il y avait quelqu'un d'autre ?

— Pas à l'époque, je ne crois pas. Il faut que je te dise à quel point j'ai été idiot. J'étais fier du mari que j'étais. C'était vraiment la seule chose que je croyais avoir réussie dans ma vie. Et un matin, elle est partie en laissant un mot qui disait, en gros, que j'avais tout fait de travers. Rien n'allait. Même mon amour pour elle ne lui convenait pas. Et que peut faire un homme, quand son amour ne va pas ? Comment peut-il réparer ça ? Dis-moi, à quoi sert un homme qui n'est même pas capable de maîtriser les principes de base ? C'est un peu comme ne pas pouvoir boire d'eau.

Sa voix s'était tendue. Il baissa les yeux.

— Ça fait combien de temps ?

— Cinq ans.

— Tu es divorcé maintenant ?

— Oui. Je ne l'ai revue qu'au tribunal. Elle a fini par épouser quelqu'un d'autre et elle a deux gosses. J'ai toujours voulu avoir des enfants. J'aurais donné n'importe quoi pour avoir un petit garçon, comme le vôtre.

— Je suis désolée. Je comprends mieux pourquoi tu veux échapper à ce souvenir.

Andrew se reposa sur ses coudes et leva la tête vers le ciel.

— Je ne sais pas si c'est vraiment possible d'oublier quoi que ce soit, remarqua-t-il.

— Eh bien, un jour, quelqu'un m'a dit qu'ici, tout était possible. Exactement comme ton ami te l'a dit.

Il me lança un regard.

— Tu penses pouvoir oublier ton mari, toi ?

— Je ne sais pas. Je l'aime plus que tout au monde. Duncan excepté, bien sûr. J'ai le sentiment qu'il ne m'a pas laissé le choix.

— Mais tu as vraiment essayé de lui parler ? demanda Andrew sérieusement. Vous avez fait tout votre possible ?

— Écoute, nos histoires n'ont rien à voir. Fais-moi confiance.

Il secoua la tête.

— Tu es une femme intéressante, Martha. Et pas mal, physiquement, en plus de ça.

— Hé, ne te fais pas d'illusions, je suis une femme mariée, dis-je en tenant mon alliance au soleil pour la faire scintiller.

— Ne t'inquiète pas. Tu ne m'intéresses pas.

— Ah non ? Pourquoi ?

— Tu es folle.

— Hier, tu m'as dit le contraire !

— J'avais besoin d'un endroit où dormir. Mais toi, tu es folle à lier.

Il se leva et se mit à danser en faisant de grands gestes.

— Ahoo ! Ahoo ! cria-t-il.

Duncan se préparait pour une nouvelle attaque sur un lézard, mais il s'immobilisa, intrigué, en entendant la voix d'Andrew.

— Regarde, Duncan, dis-je en désignant Andrew. Un oiseau !

Au milieu de l'après-midi, le soleil brûlait dans le ciel, nous fûmes forcés de trouver refuge à l'ombre des tamaris, où nous nous installâmes ensemble, gagnés par l'ennui.

— C'est le plus dur, ici, dis-je en frottant deux petits bâtons pour passer le temps. Trouver de quoi amuser Duncan. C'est pour ça que nous prenons le risque d'aller au bord du fleuve tous les jours. Il aime tellement ça.

Andrew regarda mes petites branches.

— Je connais un truc que Duncan pourrait apprécier.

— Montre-moi le truc ! s'écria celui-ci. Montre-moi ! Montre-moi !

— Ah, bravo ! dis-je. Il y a dix secondes, il était presque endormi.

— Ça va lui plaire, m'assura Andrew en se mettant debout.

Il trouva une branche souple, qu'il plia pour lui donner la forme d'un arc et qu'il maintint ainsi grâce à un lacet de chaussure. Il récupéra des morceaux de bois de formes variées et, à l'aide de son canif, creusa un trou dans un morceau plat de mesquite. Duncan et moi l'observâmes tailler un autre bout de bois en pointe et couper une entaille dans la planchette de mesquite. Il sifflait un peu en travaillant, je reconnus une chanson de John Denver. Duncan se mit à siffler aussi, pour l'imiter.

Lorsqu'Andrew eut terminé de tailler, il entoura la ficelle de l'archet autour de sa pointe faite main, posa le pied sur la planchette, et donna à l'archet un mouvement de va-et-vient qui fit tourner la pointe, jusqu'à ce qu'un filet de fumée s'élève de l'entaille de la planchette. Je vis une unique braise rouge s'enflammer.

Duncan retint son souffle et j'éprouvai une légère jalousie. C'était le genre de miracle qu'une mère ne pouvait accomplir. Les nôtres étaient d'un genre plus doux : pull-overs tricotés main, pains maison, remèdes contre le mal de tête.

— Tu veux que je t'explique le point de croix, Duncan ? proposai-je.

Il m'ignora.

Andrew souffla sur la braise, ajouta un peu de fibres sèches de peuplier de Virginie. Duncan s'approcha tout près, l'aida à souffler.

— Pas trop fort, Duncan, prévins-je.

Le petit bois s'enflamma et Duncan lâcha un petit cri d'admiration.

— Andrew, j'avais des allumettes, dis-je.

— Tu es bien une femme, tiens.

Il éparpilla quelques brindilles sur le nouveau foyer.

— Et voilà.

— Comment as-tu appris à faire ça ?

— C'est la seule chose que je faisais correctement chez les scouts – ça m'a même valu un badge. J'étais le responsable du feu. Un grand succès avec le camp de filles d'à côté. Tout le secret, c'est le souffle. Il faut séduire la braise. Il faut faire en sorte que la transformation en flammes soit son idée, pas la tienne.

— Alors comme ça, tu es un grand maître de la séduction ? le taquinai-je.

— Oh ! oui.

— Ça se voit, vu ta chance avec les femmes.

Il me lança un regard rapide et je lus dans ses yeux que je l'avais blessé.

— Pardon, Andrew, je plaisantais.

Je ramassai une poignée de brindilles, que je lui offris en signe de réconciliation.

Andrew maintint le feu en vie pendant le reste de l'après-midi et, ce soir-là, il le transféra dans la grotte.

— Attention, dis-je. La grotte est bien ventilée, mais il faut se méfier de la fumée.

Andrew, en fait, se trouva être le maître du feu de la grotte. Il l'alimenta jusqu'à ce que notre côté de la salle soit si éclairé que nous n'avions même plus besoin de bougies.

— Je suis un Indien ! proclama Duncan en poussant un cri de guerre et en se mettant à danser autour du feu.

Lorsque Duncan se fut épuisé à exécuter sa danse indienne, il s'effondra sur le sol ; Andrew sortit une bouteille de son sac à dos et en versa un peu dans une tasse.

— Tu en veux ? me proposa-t-il.

— Qu'est-ce que c'est ?

— Du whisky.

— Non, merci. Je ne bois pas vraiment. De temps en temps, je prends un daiquiri fraise, mais c'est tout.

— Je ne peux rien pour toi, alors, dit-il en venant s'asseoir à côté de moi.

— C'est la meilleure soirée dans la grotte, décréta Duncan en tendant les mains vers le feu. Allez, on joue aux Ombres dansantes !

— D'accord, dis-je gaiement.

Je mis la main sur la lampe torche et orientai le faisceau vers une concrétion éloignée du feu, dans un coin.

— Regarde, c'est un lièvre, il se sent très seul. Les autres lièvres ne l'aiment pas parce qu'il n'a qu'une oreille...

La lampe progressait très doucement, tandis que je retraçais la vie du lièvre et ce qui advint quand il rencontra une belette unijambiste qui vivait de l'autre côté de la prairie, une belette qui ne comprenait que trop bien la douleur d'être seulement beau à l'intérieur. Je m'aperçus de mon erreur trop tard. L'histoire d'amour ennuyait mon fils.

— Je veux qu'Andrew me raconte une histoire ! réclama Duncan.

Je tendis la lampe torche à Andrew.

— C'est ton tour. Je crois que je l'ai perdu au moment où le lièvre embrasse la belette unijambiste ; c'est une scène que j'ai adaptée du film *Casablanca*.

Andrew parut sceptique.

— Je ne suis pas très doué pour raconter des histoires, lâcha-t-il, mais il saisit la lampe, la promena dans la grotte et s'arrêta pour illuminer un nid de calcite. Il était une fois, un prince transformé en grenouille…

Il bougea le faisceau.

— … par une méchante sorcière. Le prince avait un magnifique étalon qui fut si peiné par la disparition de son maître, qu'il décida de s'enfuir. L'étalon galopa jusqu'à la forêt enchantée…

Le faisceau fonça sur le fourré de stalagmites. Duncan applaudit.

— … La grenouille s'élança à ses trousses… Attends voir. Qu'est-ce que c'est ?

La lumière s'était posée sur un des soldats de Duncan. Andrew rampa jusqu'à la forêt, guidé par la lampe torche. Il tendit le bras et attrapa le soldat, il l'inspecta de si près avec la lampe que je crus que le petit homme vert allait finir par fondre.

— Oh mon Dieu ! s'exclama Andrew. Le militaire a décidé de rejoindre la marine ! Un homme à la mer ! Un homme à la mer !

Il courut au bord du lac et j'entendis un minuscule « plouf ».

— Nous devons le sauver, Duncan ! cria Andrew. Nous devons le sauver des gigantesques poissons aveugles dévoreurs de soldats !

Il glissa dans l'eau tout habillé et disparut.

— Les poissons attaquent ! Les poissons attaquent ! hurla Duncan, traversant la salle en courant pour se précipiter à la suite d'Andrew.

— Vous venez d'enfreindre toutes les règles des Ombres dansantes, grondai-je, mais je m'approchai de l'eau pour les voir nager ensemble.

Les poissons aveugles s'écartaient, terrifiés de cette irruption du chahut. Je n'avais pas vu mon fils aussi heureux depuis des semaines. Andrew réapparut à la surface pour reprendre son souffle et me surprit en train de le regarder.

— L'usage d'accessoires est interdit dans les Ombres dansantes, dis-je. C'est une concurrence déloyale à mon histoire de belette uni-jambiste, je te déteste.

Il tendit les bras.

— L'eau est gelée, viens.

16

Je me tenais sous l'arbre, le cou tendu, me préparant à recevoir mon fils.

— Arrête, me lança-t-il depuis son perchoir, sur la branche du peuplier de Virginie. Je n'ai pas besoin que tu me rattrapes.

Le jour se levait. Une teinte rosée se dissipait sur le massif montagneux. Apparemment, le conte enlevé d'Andrew en Ombres dansantes avait déclenché chez Duncan un nouveau rêve de vol : je l'avais surpris se faufilant hors de la grotte avant l'aube pour essayer ses nouvelles ailes sans moi.

— Si seulement on avait un appareil, dit Duncan. Tu pourrais me prendre en photo quand je vole.

— Allez, chéri, saute, j'ai mal aux bras.

Il se mit en position, ses orteils nus agrippés à la branche. Il leva la tête vers le ciel rose, plissa les yeux et s'élança. Ses yeux s'écarquillèrent et nous nous effondrâmes sur le sol.

— Oh, soupira Duncan.

Je sentis sa poitrine qui se rétractait entre mes bras. Il se dégagea de mon étreinte, s'approcha de l'arbre, dans lequel il donna un coup de pied.

— Saleté !

— Que se passe-t-il par ici ? entendis-je Andrew demander.

Je levai les yeux et le vis qui approchait.

— C'est sa rampe de lancement. Il saute, et je le rattrape.

— Ah, Duncan, fit Andrew. Je t'ai vu. Ta technique ne va pas du tout. Laisse-moi essayer.

Je me remis debout et m'époussetai.

— Je refuse de te rattraper.

— Pourquoi aurais-tu besoin de m'attraper si je vole ? Recule, petite, je vais montrer à Duncan comment on fait.

— Tu vas te rompre le cou.

— Quel manque de foi.

Il se hissa sur une des branches de l'arbre et empoigna celle située au-dessus de sa tête, pour y grimper. Elle ploya sous son poids.

— Je pense qu'elle ne va pas résister, dis-je.

— Chez les scouts, on m'appelait Tarzan, dit Andrew. J'étais champion pour grimper aux arbres.

Il écarta les pieds pour trouver un équilibre et lâcha la branche au-dessus de lui.

— Tout ce qu'il faut...

J'entendis un gigantesque craquement : la branche céda sous lui et il s'écrasa sur le sol.

— Andrew ! m'écriai-je.

Duncan et moi nous précipitâmes et nous mîmes à genoux à côté de lui.

— Ça va ? demandai-je.

Andrew ouvrit les yeux et fixa le ciel.

— C'était un vol magnifique, dit-il. Les oiseaux étaient tellement gentils avec moi. Et les nuages sont si moelleux.

Duncan se roula par terre en hurlant de rire. Je n'avais pas entendu mon fils rire comme ça depuis la mort de Linda.

Les autres avantages d'avoir Andrew sous la main se firent bientôt connaître. Nous dînions de poisson frais tous les soirs. Nous avions un porte-serviettes en rotin et des chaussures tressées en feuilles de palmier. Un poêle en pierre. Et Duncan avait un ami sur son rocher de guet ; ensemble, tous deux scrutaient le fleuve, vigilants face aux intrus, et Duncan était désormais conscient du courage nécessaire pour ce rôle, qu'il n'avait pas vraiment compris jusque-là. Durant leur veille silencieuse, Duncan imitait la posture d'Andrew. Je voyais mon fils gagner en confiance un peu plus chaque jour. Il avait une démarche un peu arrogante. Il n'était plus le petit garçon qui pleurait après son père ; il était le prince de ces lieux perdus, le capitaine du fleuve, le maître de la grotte. Et même le souvenir d'une petite fille autoritaire le laissait en paix, ses attributs éparpillés parmi ce que le désert avait à offrir : oiseaux magnifiques, lézards fuyants, écureuils chicaniers. Un fleuve impossible à dompter.

Duncan se mit à suivre des cours tous les après-midi, non loin d'une touffe d'agaves lechuguilla, sur un coin de terre dégagée. Je lui enseignais l'orthographe, gravant chaque lettre à l'aide d'un bâton taillé en pointe dans le sol dur, qui fut bientôt recouvert de mots. Lapin. Garçon. Fille. Canard. Rouge. Poisson. Sauter. Verre. Triste. Duncan apprit tant de mots cette semaine-là que la terre vint à manquer. Pour les phrases complètes, nous allions devoir conquérir de nouvelles terres, déplacer des peuples anciens.

Les Ombres dansantes, le soir, tenaient lieu de récompense pour le bon travail de l'après-midi. Sous les yeux d'un Duncan captivé, Andrew, tout en buvant de petites gorgées de sa tasse en fer-blanc, défaisait lentement mes contes ordinaires. Ce qui avait autrefois été un faucon qui s'abattait sur un homme grignotant des bretzels devenait un pirate qui s'amendait et revendiquait un royaume. Des monstres interrompaient une partie d'échecs pour se battre, avant d'être vaincus par une tribu de fées réduites en esclavage depuis des siècles par le dieu ténébreux d'une planète en forme de cloche. Et les histoires de loups ne cessaient de se modifier ; Andrew en changeait le cours avant que l'eau ne s'en charge, devançant les gouttes de calcite d'un million de siècles, jusqu'à ce que le loup affronte des ennemis que la grotte n'avait pas encore fait naître.

Même John Denver revenait à la vie, ce qui semblait impossible, puisque les piles du lecteur CD étaient mortes depuis plusieurs jours. Mais sa voix emplissait la grotte ; peut-être John Denver n'était-il mort que dans ma mémoire. Que l'on m'enlève ce souvenir et qu'on le jette dans le lac ; il sombrera, touchera le fond et, soudain, l'avion de John Denver reprendra de l'altitude. Son moteur toujours vivant.

Je m'inquiétais de voir Andrew vider aussi souvent sa tasse en fer-blanc, je me demandais si son sac à dos ne contenait que des bouteilles d'alcool, provisions infinies et magiques qui rendraient ses yeux rouges à jamais. Mais je ne dis rien. Il avait ramené mon garçon à la vie et je lui en étais reconnaissante. Avec lui dans la grotte, il m'était plus facile de ne pas penser à David, même si des images resurgissaient toujours, je me demandais si notre piste s'était effacée, s'il avait abandonné. Mais, bien entendu, je savais que ce n'était pas le cas ; David n'était pas comme ça. Et si je venais à apprendre, avec certitude, qu'il avait continué sans nous, cela m'anéantirait. Au fond de moi, j'avais toujours l'espoir qu'un jour, il reprendrait ses esprits.

De temps à autre, je surprenais Andrew en train de me regarder, une expression sans ambiguïté sur son visage. Il semblait naturel qu'un homme et une femme, cernés par une grotte qui les maintenait dans l'obscurité, tombent amoureux. Mais je luttais. Je restais une femme mariée, j'aimais toujours David, même si je me surpris à rougir un soir, lorsqu'Andrew raconta l'histoire en Ombres dansantes de l'amour passionné entre une sirène dorée et une grenouille magique, histoire si romantique que Duncan s'endormit.

17

Il m'aurait seulement fallu une paire de ciseaux et un miroir. Au lieu de quoi, je m'installai sur un rocher et me coupai les cheveux à l'aide des ciseaux miniatures d'un couteau suisse. Un vent sec emporta les mèches en direction du fleuve. Mes mains tremblaient un peu.

— Bonjour, dit Andrew en approchant. On se fait une beauté ?

— J'en ai assez de mes cheveux, répondis-je. Ils sont trop longs pour le désert. Ils me rendent folle, sous la chaleur de l'après-midi.

— En tout cas, tu as réussi un véritable carnage.

— T'ai-je demandé ton avis ?

Il sourit avec tolérance.

— Tu sais, je te connais assez bien pour avoir remarqué que, dès que tu es contrariée par quelque chose, tu te lances dans un nouveau projet.

— Et en quoi serais-je contrariée ?

— Tu as violé une règle sacrée cette nuit.

— De quelle règle parles-tu ?

— Pas de cauchemars.

Je soupirai. Il m'avait donc entendue. Je posai le couteau sur mes genoux et pris une grande inspiration.

— Attends, je vais t'aider, fit-il.

Il me prit le canif des mains et se mit au travail.

— Tu vois ? Il suffit de faire quelques mèches à la fois avec cette petite paire de ciseaux ridicule. Tu veux que j'en enlève quelle longueur ? demanda-t-il.

— Une dizaine de centimètres.

— Tant que ça ?

Je ne répondis pas ; je restai assise là, en essayant d'effacer le souvenir de mon cauchemar tandis qu'Andrew passait doucement ses doigts dans mes cheveux et que le soleil faisait son apparition dans le ciel. Il fredonnait une mélodie qui m'apaisait, mais que je n'arrivais pas vraiment à reconnaître – peut-être une berceuse, ou un air du *Magicien d'Oz*. Les boucles blondes rampaient sur le sol comme de délicates créatures, trop fragiles pour supporter le lever du soleil.

— Ça m'a l'air tout à fait bien, déclara-t-il lorsqu'il eut enfin terminé de peigner et d'entortiller mes mèches.

Je me passai la main dans les cheveux.

— Ils me paraissent être de la même longueur. Tu es un super coiffeur.

— C'est parce que je suis gay.

— Quand t'es-tu fait couper les cheveux pour la dernière fois ? Ils sont plutôt longs.

— Je ne sais pas, ça fait un moment. Avant, je les portais courts, au-dessus des oreilles, mais je commence à m'habituer à les avoir comme ça. Je vais peut-être même me les laisser pousser jusqu'à la taille et devenir hippie.

— Pourquoi tu ne me laisserais pas les couper ?

Il hésita.

— D'accord. Si tu penses que tu te sentiras mieux après.

Nous échangeâmes nos places et je me mis au travail, taillant ses boucles rouille tandis qu'il fermait les yeux. C'était agréable de toucher ses cheveux. J'évoluai en cercles, en me rapprochant de lui. À un moment, il posa la main sur mon mollet et ne l'enleva que lorsque j'eus fini de couper. Vingt-cinq minutes plus tard, j'avais devant moi un homme à la coupe courte et inégale ; je contemplai mon travail.

— Alors ? demanda-t-il.

— C'est bien.

— Vraiment ?

— Demande à Duncan quand il se réveillera, mais laisse-moi lui parler d'abord.

Je l'observai encore.

— Tu as un rasoir ?

— Oui, mais...

— Va le chercher. Je vais te raser. Ta barbe a l'air bizarre, maintenant que tu as les cheveux courts.

Il me lança un regard que je ne compris pas vraiment.

— Je ne suis pas sûr, lâcha-t-il. J'ai déjà essayé de la raser complètement et ce n'était pas une réussite.

— Moi, je suis sûre du contraire.

Il posa une main protectrice sur sa joue droite.

— C'est plus compliqué que tu ne le crois. Mais je te propose un marché. Je te laisse me raser si tu me racontes ton cauchemar.

J'hésitai, mais je savais que l'heure était venue de lui raconter toute l'histoire.

— Marché conclu, dis-je enfin.

Andrew disparut à l'intérieur de la grotte et en ressortit avec un rasoir à main et une casserole d'eau du lac.

Je lui pris l'instrument.

— Tu n'as pas de mousse à raser ?

— Non, on va devoir se servir de ça, fit-il en brandissant un tube de lotion à l'Aloe vera.

Il s'assit et je commençai par lui tailler la barbe aux ciseaux.

— Qu'est-ce que j'ai dit cette nuit ? demandai-je en guise d'introduction.

— Pas grand-chose. Tu gémissais dans ton sommeil. J'ai failli te réveiller.

Les poils tombaient sur son jean tandis que je m'affairais.

— Une petite fille vivait à côté de chez nous. Duncan en était amoureux. Elle s'appelait Linda.

Je marquai un temps d'arrêt, m'attendant à être saisie par la douleur, mais je ne sentis que le soleil, qui me chauffait le dos.

— Duncan et elle allaient à l'école ensemble. Je les accompagnais à l'autobus tous les jours. Il y avait un gardien à l'école, le genre de personne à laquelle on ne prête pas attention.

Je plongeai les mains dans la casserole, aspergeai d'eau fraîche les joues barbues d'Andrew, appliquai la lotion et commençai le rasage, en faisant glisser la lame avec précaution depuis son oreille gauche jusqu'à son menton.

— Ce gardien aux antécédents parfaits s'occupait très bien de sa vieille mère. Mais il avait un compte à régler avec quelque chose ou quelqu'un ou peut-être le monde entier, d'ailleurs. Un jour comme les autres, il est arrivé à l'école, il a fait le ménage dans les couloirs, comme tous les jours, sauf que celui-là...

J'éloignai le rasoir du visage d'Andrew, craignant que les mots que j'étais sur le point de prononcer ne le fassent sursauter, et que je ne le coupe.

— Ce jour-là, il avait une bombe dans son seau.

Andrew m'a regardée dans les yeux, une grande zone de peau pâle avait déjà été dégagée par le rasoir.

— Mon Dieu, dit-il.

Je m'interrompis, rinçai la lame dans l'eau et m'agenouillai pour m'attaquer à son menton avant de poursuivre mon récit.

— Et Linda a été tuée juste sous les yeux de Duncan.

— Je ne savais rien, je devais déjà être ici.

— Quelle chance de pouvoir rester propre comme ça, quand toute la nation était souillée.

J'humidifiai l'autre partie de son visage, adoucis sa barbe à l'aide de la lotion et me remis au travail.

— Combien d'enfants sont morts ?

— Seulement Linda. Neuf autres ont été blessés.

— Ils ont attrapé le gardien ?

— Il y est resté lui aussi.

— Mais pourquoi a-t-il fait une chose pareille ? Il devait bien avoir une raison, insista-t-il.

— Il a laissé une lettre. Il disait qu'il aurait voulu emmener tous les enfants du monde avec lui, s'il avait pu. Et qu'il n'avait pas de regrets. Je parie qu'il est mort le sourire aux lèvres.

Un peu de barbe restait sur le côté de son visage. Il attrapa mon poignet un instant, m'arrêtant sur ma lancée. Puis il le relâcha et je terminai la dernière partie, qui laissa apparaître une cicatrice. Je mouillai mes doigts et appliquai la lotion. La cicatrice se détacha nettement, en forme de feuille, légèrement violette à la lumière. Je la caressai du bout des doigts.

— C'est ça que tu ne voulais pas que je voie ?

— Ce n'est pas beau à voir.

— Je ne suis pas d'accord. Pas du tout. Une blessure guérie, c'est beau, si tu veux mon avis.

Je vins tout près de lui, embrassai la cicatrice, rugueuse sous mes lèvres et plongeai mes yeux dans ceux d'Andrew. Il mit ses mains autour de mon visage.

— Je suis tellement désolé, Martha. Je suis désolé. Vraiment.

Je fus surprise de voir des larmes dans ses yeux. Je caressai à nouveau sa cicatrice.

— Tu comprends mieux pourquoi j'ai été forcée d'amener Duncan ici ? Comment aurait-il pu vivre dans ce monde ? Quarante millions de mères m'auraient suivie jusqu'ici, si seulement elles avaient su que cet endroit existait.

18

Le désert lui jouait encore des tours. Le matin même, il avait compté les cailloux autour des sacs de couchage et ainsi découvert, avec étonnement, que dix-sept jours s'étaient écoulés depuis son arrivée dans la grotte. Surpris, il refit le calcul une fois, puis deux. Il aurait estimé une dizaine de jours, pas plus. Il était maintenant assis, la tête contre le tronc d'un tamaris, et buvait dans sa tasse en fer-blanc. Les tamaris étaient les nuisibles du désert, privant la nappe phréatique de près de quatre cents litres d'eau par jour. Lui aussi connaissait la soif inextinguible.

Son ultime bouteille était à moitié vide ; ses mains tremblaient à la simple idée du manque. Il devait repartir en ville, faire de nouvelles réserves, appeler le mari désespéré dans l'Ohio et lui dire ce qu'il avait appris. Tous les soirs, il prévoyait de partir le lendemain matin.

Et la journée passait, le déstabilisait. Soudain, la nuit tombait et il était de retour dans la grotte, à agiter une lampe torche pour raconter des histoires fantastiques. Plus tard, quand toutes les bougies étaient éteintes, sauf une, il voyait des choses. Des visions fugitives d'une silhouette, dans un coin, de plus en plus réelle. Mais c'était impossible.

Il secoua la tête et sirota un peu d'air sec du désert. La tasse était vide, elle l'était peut-être depuis un certain temps. Il n'était pas possible qu'il ait bu assez pour voir ce qu'il voyait. Et au fond de lui, il savait que le désert n'était fait que de sable, d'ombres et de pulpe chaude enfouie sous les épines infinies de cactus, qui, même mélangée au whisky, ne pouvait être à l'origine de sa confusion. Il était envoûté par la femme. Une femme chaque jour plus belle, chaque jour plus saine d'esprit, à mesure que sa santé mentale à lui déclinait. Dans un coin de son sac de couchage, il gardait une mèche de ses cheveux, retrouvée dans un buisson en fleurs et, parfois, au réveil, il constatait qu'il avait dormi le poing serré autour de cette mèche.

Il s'était présenté à elle en imposteur, un homme engagé pour tromper. Avait prétendu être un autre, dans le désert pour échapper à un mariage raté, plutôt que d'avouer son métier de chasseur. Avait prétendu aimer John Denver, lui qui était plutôt Tom Waits. Usurpé le prénom du père adoré de la femme pour gagner sa confiance. Mais il se surprenait à lui dire la vérité par moments. Il avait eu l'intention

166

de se servir de l'histoire de son ex-femme pour la faire culpabiliser d'avoir quitté son mari, mais le récit se détachait du but fixé et soudain, il lui racontait la vérité. La douleur intense et l'obsédant sentiment d'échec. Et le fait que l'amour se soit révélé un outil inutile ; un briquet sans essence, un couteau à la pointe cassée par la chair douce d'un cactus. Même son prénom, Andrew, semblait lui aller mieux que le vrai. Parfois il l'oubliait même.

Bien entendu, il savait pour le gardien, la bombe, la mort de l'enfant. Mais entendre l'histoire de la bouche d'une mère l'horrifiait, comme si on venait de la lui apprendre, et il avait envie de se précipiter sur elle pour la prendre dans ses bras et la protéger de cette histoire, l'enfouir à jamais grâce à des milliers d'histoires de pirates et de chats magiques.

— Andrew, dit-il tout haut, essayant le nom.

Il posa sa tasse vide sur son genou et contempla le ciel, qui se teintait d'orange, de rose et de jaune. Bientôt descendrait la fraîcheur du soir et avec elle ses thèmes plus sombres, dans les rouges et violets.

— Te voilà.

Il leva les yeux. Elle était devant lui, vêtue d'un short bleu clair.

— Je te cherchais partout. Que fais-tu ? ajouta-t-elle.

— Je pense. Et toi ?

Elle se baissa, épousseta la terre sur ses genoux.

— J'apprenais à Duncan le mot « bateau ».

— Que dirais-tu d'« existentialisme » ?

167

— Toi, tu en es déjà au cours avancé, un cactus plus loin.

Elle s'assit à côté de lui et il crut percevoir une légère senteur qui lui rappela des violettes.

— Tu portes de l'eau de Cologne ? s'étonna-t-il.

— Tu es fou ? Pourquoi est-ce que je me parfumerais par ici ? rit-elle.

Elle tourna la tête vers lui et ils se trouvèrent face à face, genoux collés ; il fut saisi par la culpabilité, il était assis là, à trahir deux personnes : l'homme qui l'avait engagé, la femme qui lui faisait confiance. Il allait devoir choisir bientôt, pas seulement son camp, mais une perspective. Une façon de penser. Une croyance.

— Il faut que je te dise quelque chose, Martha.

Elle posa sur lui un regard tranquille, et il faillit tout lui raconter. Toute la vérité. Mais s'il la perdait à cause de cette vérité ? Il n'était pas très doué pour prédire ce qui faisait fuir une femme.

— Je veux que tu saches que j'aurais été capable d'emmener cette bombe jusque dans un champ et de la tenir dans mes bras jusqu'à ce qu'elle explose, si ces enfants avaient pu être épargnés.

Il sentit ses yeux se mouiller à nouveau. Il prit sa tasse de fer-blanc et y trouva une gorgée de whisky qui avait réussi à lui échapper.

— Tu sais à quoi je pense parfois, Andrew ? À cette vieille femme, la mère du gardien. Elle dormait quand tout est arrivé. Je l'imagine sur une chaise longue, un châle sur les jambes, le soleil se déversant par la fenêtre. Elle devait sembler paisible.

Elle s'appuya contre lui, posa sa tête sur son épaule et ils restèrent comme ça, à contempler les couleurs du ciel ; il l'imagina en train d'arranger des fleurs dans un vase, dans sa boutique, tandis que la bombe explosait de l'autre côté de la ville.

19

Duncan fixa le mot « œuf » et secoua la tête.
— Allez, le pressai-je. Prononce-le.
Il contempla le sol d'un air dubitatif.
— Ouf.
— Non, Duncan. Tu vois, les lettres changent parfois quand elles sont ensemble. *O* et *e* se prononcent comme *e*. Tu vois ?

J'effaçai tous les autres mots à l'aide d'un galet, ne laissant qu'une ardoise blanche pour écrire les exceptions de ce monde, les bizarreries. Œuvre. Œil. J'étais sur le point de préparer mon fils à cet acte de Dieu qu'est le *ph*, quand Andrew apparut, essoufflé, gâchant la leçon de ses pieds nus. Nous le regardâmes, surpris.

— Viens avec moi, tu ne vas pas y croire, dit-il en me prenant la main.

20

Autrefois, les Comanches qui parcouraient ces canyons s'enduisaient de cinabre en guise de peinture de guerre. Observant depuis la falaise ces tentes au bord du fleuve, nous étions ces Indiens ; nous partagions le même sentiment de violation de notre territoire. J'avais laissé Duncan assis dans sa salle de classe en pierre avec l'ordre de ne pas abandonner sa leçon d'orthographe tandis qu'Andrew et moi descendions jeter un coup d'œil, en prenant garde de demeurer invisibles. Nous nous cachâmes derrière un rocher et observâmes prudemment. Un groupe tapageur composé de plusieurs hommes et d'autant de femmes, buvait de la bière en écoutant de la musique très fort. Deux énormes embarcations avaient été tirées sur la rive. Un gros chien roux traînait autour des fauteuils de camping installés en cercle, une clochette à son collier tintait. Les hommes semblaient avoir une petite vingtaine d'années, ils portaient des shorts de couleurs vives et des tongs. Leurs ventres blancs, sur lesquels ils avaient appliqué de la crème solaire, luisaient à la lumière. Il y avait quelque chose d'outrancier dans leur comportement, ils avaient un air débraillé, insensible. Une tendance à laisser des ordures, à installer leur campement sur de jeunes pousses de fougères.

— Je ne veux pas les voir ici, Andrew, murmurai-je.

Pourtant, ils restèrent, jusqu'au lendemain, puis au jour suivant. Nous ne pouvions plus nous baigner à notre endroit préféré du fleuve, ni nous promener sur la rive. Nous craignions même de nous éloigner trop de la grotte.

— Nous sommes prisonniers, dis-je.

— Ils partiront d'eux-mêmes, tôt ou tard, répondit Andrew.

— Ils me font peur, Andrew. Et si cet idiot de chien nous découvrait ? Et bien sûr, Duncan est tellement curieux que j'ai peur qu'il ne file en douce de la grotte, la nuit, pour voir ce qui s'y passe.

Duncan passait en effet ses journées accroupi derrière les buissons, dissimulé derrière des rochers, à les observer. Le chien le fascinait tout particulièrement.

— Je veux un chien. Un gros roux, comme lui, décréta-t-il.

Le troisième soir, je me désespérai.

— Qu'allons-nous faire ?

— Nous pouvons partir pour une autre grotte, proposa Andrew.

174

Sa réserve de whisky s'était épuisée un peu plus tôt ce jour-là, et une certaine tension était perceptible dans sa voix.

— Une autre grotte ? demanda Duncan, ravi. Il y en a d'autres ? Pourquoi vous me l'avez pas dit avant ?

— Nous n'irons nulle part, déclarai-je fermement. C'est la grotte du vieux monsieur, nous n'en bougerons pas. Il va simplement falloir trouver un moyen de nous débarrasser de ces gens.

— Il y a bien un moyen, dit Andrew.

— Lequel ?

— Ils ont une grosse glacière pleine de nourriture. Si on vole leurs provisions, ils seront obligés de partir.

Une fois Duncan endormi, Andrew et moi nous faufilâmes jusqu'au camp ; je l'attendis dans les roseaux près du fleuve, en prenant garde, cette fois, d'éviter les fourmis. Les campeurs avaient fini de boire et de jouer aux cartes. Le calme régnait autour des tentes. Il faisait frais. Dans ces circonstances, le bruissement des roseaux m'effrayait. Je m'accroupis, bras autour des genoux, en regrettant d'avoir insisté pour venir. J'avais cru pouvoir aider. Maintenant, je me rendais compte que ma présence n'était qu'un poids inutile pour Andrew, dont l'esprit aurait dû se concentrer entièrement sur le vol.

J'entendis ses pas et m'apprêtai à sortir des roseaux pour l'accueillir lorsque je perçus quelque chose qui me poussa à rester cachée.

Un tintement de clochette.

Je voulus bouger, mais mes jambes étaient prises de tremblements. Les pas s'approchèrent, hésitèrent et j'entendis un homme qui avait l'air saoul lâcher un juron à voix basse, puis un bruit de fermeture Éclair, et il se mit à uriner à proximité des roseaux. Je retins ma respiration en attendant qu'il termine.

— Binky, dit l'homme.

À ce moment-là, la tête du chien apparut au milieu des roseaux, juste en face de moi. Je m'étranglai. Le chien se mit à grogner en montrant les dents.

— Binky ?

À son tour, l'homme fit irruption dans les roseaux. Ses yeux s'écarquillèrent de surprise lorsqu'il me vit.

Je me remis sur mes pieds d'un bond, mais il me saisit le bras.

— Attendez ! s'exclama-t-il. Qui êtes-vous ?

Je m'oubliai complètement.

— Andrew ! Andrew !

L'homme resserra son étreinte et me tira vers lui d'une poigne solide malgré son ivresse. Le chien se mit à aboyer très fort.

— Arrêtez ! m'écriai-je.

Soudain quelqu'un arriva parmi les roseaux et bondit sur mon agresseur.

— Andrew !

Ils luttèrent violemment, le chien hurlait désormais, et des voix s'élevaient dans le camp.

Andrew donna un coup de poing à son adversaire, qui se mit à gémir. Il le frappa à nouveau, l'homme s'effondra et Andrew s'abattit sur lui en donnant coup sur coup.

J'attrapai Andrew par l'épaule.

— Arrête ! Ça suffit !

Je l'arrachai à son adversaire et nous quittâmes les roseaux en courant pour gagner la rive, tandis que l'homme se mettait soudain à pousser des hurlements étranges.

Des lampes torches derrière nous. Un point de côté. Andrew m'attira dans le fleuve, l'eau m'arrivait aux genoux. Nous rejoignîmes un rocher, derrière lequel nous nous enfonçâmes dans l'eau jusqu'à la poitrine. Nous voyions la lumière sur la rive.

— Ne bouge pas, me murmura Andrew à l'oreille, un bras autour de moi. Ne fais pas de bruit.

— Qu'est-ce qui t'a pris ?

— Je t'ai dit de ne pas faire de bruit.

— Tu lui as fait mal !

— Tais-toi !

— Ils sont partis par là, cria l'homme ivre.

— C'était qui ? voulut savoir quelqu'un.

— Merde. J'en sais rien, moi. Ils étaient deux, répondit le premier.

— Cherche, Binky !

Binky le gros chien roux s'arrêta pour renifler nos empreintes sur la rive et se précipita, au-delà de notre rocher, plus loin le long du fleuve. Les voix continuèrent pendant une heure tandis que nous patientions dans l'eau en silence. Finalement, quelqu'un lâcha :

— Et merde, je vais me coucher.

En quelques minutes, le calme revint.

— Je crois qu'ils ont rejoint leurs tentes, murmura Andrew.

Mon cœur battait encore à cent à l'heure.

— Je ne peux supporter une chose pareille. Ça ne peut pas se produire ici.

— Tout va bien. Tu es en sécurité. Ce type t'a fait mal ?

— Juste au bras, quand il m'a attrapée.

Je lui montrai mon bras, qu'il essaya d'examiner à la lumière de la lune.

— Je te demande pardon, dit-il enfin. Pardon.

Il embrassa mon poignet et m'aida à me relever. Nous reprîmes le chemin de la grotte, dégoulinant sur les pierres fraîches.

Le lendemain matin, les campeurs avaient disparu et abandonné derrière eux toutes sortes de choses : tasses en polystyrène, canettes de bière vides, paquets de chips éventrés, emballages de sandwichs. Nous parcourûmes le campement, tous les trois, en donnant des coups de pied dans les ordures. Je voulais demander à Andrew pourquoi il avait perdu son sang-froid la veille, mais je n'osais pas.

— Ces gens sont dégoûtants, dit Duncan en tendant la main vers un sac en papier.

— Ne touche pas ! le prévins-je. Ne touche à rien !

Puis, me tournant vers Andrew :

— J'imagine que tu leur as fait peur.

— Je te parie ce que tu veux que les hommes voulaient rester, dit Andrew. Mais j'ai sûrement effrayé les femmes.

178

— Que fait-on maintenant ? Tu crois qu'ils vont appeler les gardes forestiers ?

Il haussa les épaules.

— Je te l'ai dit. Nous devrions changer d'endroit.

Il répéta cela dans la grotte, en se servant du whisky d'une bouteille à moitié vide qui paraissait différente de celles que j'avais vues jusque-là.

— Où as-tu trouvé ça ? demandai-je.

— Au campement.

— Eh bien, il y a au moins une conséquence positive.

Il entendit le ton de ma voix et but une grande gorgée. Quelques minutes plus tard, l'ancien Andrew était de retour, doux et agréable.

— Ne t'inquiète pas, Martha, dit-il en tapotant sa tasse de fer-blanc. Je le ferai durer.

Mais ce ne fut pas le cas. À la tombée de la nuit, il n'y en avait plus et le lendemain matin, à mon réveil, il avait déjà son sac sur le dos.

— On déménage ? lança Duncan, plein d'espoir.

— Où vas-tu ? demandai-je à Andrew.

Il choisit de répondre à ma question, plutôt qu'à celle de Duncan.

— Faire un tour en ville. Je n'en ai pas pour longtemps.

— Pas pour longtemps ? Il te faudra deux jours, au moins.

— J'ai besoin d'aller chercher des provisions.

— Quel genre de provisions, Andrew ?

Comme il ne répondait rien, je brandis une bouteille.

— De ce genre ?

— Ça ne te regarde pas, répliqua-t-il d'une voix qui n'était plus aussi amicale.

— Je veux aller en ville, moi aussi ! cria Duncan en bondissant dans tous les sens. Je veux des bonbons, du chocolat, je veux…

— Que je comprenne bien, dis-je à Andrew sur un ton qui calma Duncan aussitôt. Tu serais capable de nous abandonner ici, mon fils et moi, après que j'ai été attaquée, juste pour aller chercher du whisky ?

— Tu ne comprends pas. Tu ne comprends rien !

Je ramassai ses quatre bouteilles vides et les jetai dans le lac.

— Si tu pars, ce n'est pas la peine de revenir.

— Martha…

— Je suis sérieuse. Ne reviens pas, répétai-je en croisant les bras.

Il partit en direction d'une zone où les bougies ne pouvaient pas l'atteindre et ses pas s'éloignèrent.

Duncan voulut le suivre, mais je l'attrapai par le bras.

— Je te l'interdis.

Nous étions à nouveau seuls, et nos galets formaient un demi-cercle autour de nos sacs de couchage.

— Il reviendra, dis-je à Duncan avec ce même ton de voix dont je me servais toujours pour le rassurer quant à l'arrivée de David.

Craignant de m'aventurer au-dehors, je fis la classe dans la grotte. Je dessinais le dernier mot dans le sol quand Andrew réapparut.

— Il est revenu, comme tu avais dit, maman ! piailla Duncan, ravi.

Andrew ne dit rien. Il laissa tomber son sac de couchage et s'assit en tailleur devant le dernier mot.

21

Le pire était passé.

Les tremblements et la soif, terribles. Les suées et les rêves insensés qui se reproduisaient sans cesse, pleins de couleurs vives, étonnantes, puis d'albâtre pur.

Maintenant, il était allongé, calme, dans le silence de la grotte, au milieu des bougies allumées qui illuminaient les histoires qu'il avait lui-même inventées. Le lion joueur d'échecs, le serpent animal de compagnie d'un roi. Tant de fois ces cinq dernières années, il s'était réveillé face à l'absence de ses propres histoires. Il les avait vécues, il en avait été le centre, pourtant il était incapable de se les remémorer. Il voulait et ne voulait pas les connaître, et même s'il se renseignait, les autres refusaient de les lui raconter. Ils gardaient pour eux les choses ridicules qu'il avait pu dire, ou le fait qu'il manquait les toilettes en pissant.

Ils retenaient ses histoires en otage, faisant l'erreur de croire que cela l'inciterait à changer. Mais la punition des ivrognes est en partie de combattre le silence par un autre, et de remplacer les histoires manquantes par un millier de gestes sans mot.

Il remua un peu les jambes, soupira. La femme murmura quelque chose à son fils avant de s'approcher pour poser sur son front un linge qu'elle avait trempé dans le lac des poissons aveugles. Sa main était légère sur son front ; le visage du fils, sérieux.

— Il est toujours malade ? demanda le garçon.

Sa voix était inquiète, un murmure, comme s'il craignait que le moindre accent infantile n'aggrave la situation, comme la fraîcheur nocturne sur un homme atteint de pneumonie.

— Oui, il est toujours malade, chéri.

— Je ne veux pas aller à l'école aujourd'hui. Je veux m'occuper d'Andrew.

Cette affirmation fit sourire le détective ; le garçon et la femme, surpris, lui sourirent en retour. Il les avait tous trahis. La femme, le garçon, le mari dans l'Ohio, qui faisait les cent pas dans la cuisine en fixant le téléphone. Pourtant, il ne pouvait ignorer la transformation en lui. Il avait choisi un camp, une foi. Comment avait-il pu la croire folle, à présent que la preuve aveuglante avait disparu ?

Le mari allait se lancer sur leur piste, maintenant, il avait dû se rendre compte qu'il y avait quelque chose d'anormal.

La femme et l'enfant étaient assis à côté de lui. Il tendit la main et caressa la joue du garçon.

— Il va mieux ! s'exclama celui-ci.

— Andrew, dit la femme. Nous étions tellement inquiets pour toi.

Il avait un plan. Et dès qu'il l'aurait convaincue, il lui raconterait tout.

22

Andrew n'était pas dans la grotte à mon réveil. Je le trouvai sur le rocher de guet, le regard perdu vers le fleuve. Il était étrange de le voir debout après l'avoir veillé pendant ses trois jours de sommeil.

Sa barbe avait repoussé, camouflant sa cicatrice.

— Tu vas mieux, on dirait, remarquai-je.

Il hocha la tête sans quitter le fleuve des yeux.

— Je voulais m'excuser. Je veux dire, pour t'avoir forcé à rester avec Duncan et moi. Je ne savais pas que tu serais aussi malade.

— Ce n'est pas ta faute, répondit-il.

Il s'assit sur le rocher, ses pieds nus se balançant dans le vide. Je m'installai à côté de lui.

— Je n'ai pas vu de gardes forestiers, dis-je. Les campeurs ne nous ont peut-être pas dénoncés, finalement.

Il haussa les épaules.

— C'est peut-être leur grande aventure. Ou bien le type était tellement saoul qu'il pense avoir rêvé.

— Depuis quand es-tu…

— Un ivrogne ? Un moment. C'est devenu de mal en pis. Il faut croire que je ne me rendais pas compte à quel point.

— Comment te sens-tu ?

— Bizarre. Un peu creux.

— Tu as encore envie de boire ?

— Ça, c'est sûr. Mais je ne reboirai plus jamais. Je le sais, maintenant. Je sais beaucoup de choses. Tout est tellement clair. Les choses sont-elles claires pour toi, Martha ?

Je savais ce qu'il me demandait. Je voulais lui redire que j'étais mariée, que nous ne pourrions jamais être ensemble, mais les mots refusaient de se former.

Je ne rêvais pas depuis longtemps quand j'ouvris les yeux, dans un noir d'encre, ressentant une curieuse tension. Dans l'Ohio, le sommeil et l'état de veille étaient soigneusement séparés par la qualité de la lumière s'infiltrant sous le volet. Le noir signifiait que le rêve pouvait se poursuivre, le gris que le rêve était menacé, le blanc qu'il était perdu. Ici, je devais m'attarder un moment, mon rêve s'en allait, revenait avant de me quitter pour de bon, tandis que je restais allongée, dans cette même obscurité qui m'avait terrifiée au début et m'était maintenant aussi familière que du papier peint, de la moquette ou des draps de coton. Mon fils dormait profondément à mes côtés, sa respiration aussi subtile et nette que le frôlement d'un criquet sur mon bras nu.

Quelqu'un m'appela par mon nom. Il flotta dans la grotte, tellement insaisissable qu'il aurait pu venir de n'importe où, d'un sorcier, d'un ange, qui m'aurait fait signe depuis le cœur figé d'une histoire inachevée. Mais je savais qui m'appelait et le ton m'invitait à choisir. Je n'en étais pas capable, mais la voix parla encore et je me levai, sans allumer les bougies. Je me rendis compte que la voix venait d'une des salles adjacentes ; lorsqu'elle se tut, le silence dans son sillage se para d'une densité moins forte que dans le reste de la grotte. Je m'orientai dans cette direction, percevant en fond sonore le trottinement des criquets et l'égouttement de l'eau. Les pierres étaient lisses et fraîches sous mes pieds ; mon assurance dans l'obscurité me surprit. J'avais appris par cœur les trucs des chauves-souris, capables de voler à travers une pièce malgré leur cécité totale, et d'éviter jusqu'aux fils de pêche.

J'atteignis l'endroit au fond de la salle où s'ouvrait le passage, je me mis à genoux et commençai à ramper, en faisant attention car je me souvenais d'une saillie de calcaire au niveau de ma tête. J'avais une respiration régulière, les yeux grands ouverts. Je me sentais préhistorique, antique, dans mes mouvements et mes pensées. Celles-ci étaient nées de besoins élémentaires, le feu, l'eau, la

189

chaleur, et de mots si simples qu'ils pouvaient rester tus.

Je ne sus quoi dire en arrivant dans la salle ; il m'attira vers lui, sa peau était chaude, douce. Je passai mes mains le long de son corps nu et sentis l'arête de sa colonne vertébrale. Je ne portais qu'un tee-shirt et une culotte dont le liseré de dentelle s'était défait à cause des lavages répétés dans le fleuve. Andrew ôta l'un et l'autre ; je voulus ralentir les choses, peut-être même reculer. Je m'étais dit que nous allions parler, mais pas un mot n'avait été prononcé à part mon nom. Je croyais que j'aurais tout mon temps pour prendre ma décision, autant de temps qu'il est nécessaire à la formation d'un bec sur un oiseau de calcite, ou au goutte-à-goutte incessant de l'eau pour creuser une cuvette dans le calcaire. Pourtant, le temps s'accéléra soudain, comme une rivière décidée à atteindre la mer avant l'aube, et l'évolution s'empara de nous, nos yeux se fermèrent, s'effacèrent, le corps d'Andrew couvrit le mien, notre peau devint pâle et translucide, mes doigts dans la terre, d'avant en arrière, et mon alliance, frottée contre la dolomite, devint aussi brillante qu'une étoile.

23

Au matin – la lumière semblant du moins indiquer qu'il n'était pas loin –, je quittai la grotte et partis seule en direction de la falaise, pieds nus, boitant déjà en anticipation des ronces ou des pierres pointues sur lesquelles je pourrais marcher. J'avais cru pouvoir laisser mon crime dans la grotte, en retrouvant le désert. La douleur au côté était une preuve du contraire, et je ne pouvais supporter la vue de l'alliance à mon doigt.

J'avais pensé que l'acte sexuel constituerait une sorte de parenthèse indépendante, mais même la légère douleur ressentie au moment où Andrew m'avait pénétrée avait créé un lien direct avec David, un rappel du temps écoulé depuis que lui et moi avions partagé cela. J'avais cru pouvoir oublier mon mariage comme j'avais oublié tout le reste, pourtant il était bien là, brisé mais vivace, me suivant dans ma progression vers le fleuve. Lorsque j'arrivai sur la rive, j'avançai dans l'eau, laissant mes mains traîner à la surface, sentant la vase entre mes orteils.

J'étais assise sur un rocher, cheveux secs mais vêtements mouillés, quand Andrew apparut. Il me fit un signe de la main et me rejoignit.

— Salut, dit-il en s'installant à côté de moi.

— Salut.

Je le regardai dans les yeux très brièvement, puis détournai le regard. Une brise surgie de nulle part fit venir mes cheveux sur mon visage. Andrew voulut les remettre en place d'une caresse.

— Ne fais pas ça, lâchai-je.

— Ne fais pas quoi ?

— Ne me touche pas.

— Pourquoi ?

Je ne répondis rien. Je savais que je me montrais injuste avec lui, mais je ne pouvais pas m'en empêcher. J'avais trahi David de tant de manières que je serais forcée de me servir des cailloux de notre grotte entourant mon lit pour toutes les compter.

Andrew soupira, visiblement perplexe. De son pied nu, il donna un petit coup à la surface de l'eau, formant des cercles concentriques qui gagnèrent l'autre rive.

— Tu te sens coupable, dit-il. Je culpabilise un peu, moi aussi.

— Pourquoi donc ? Tu n'es plus marié.

— Il y a d'autres façons de tromper.

Sentant trois nouvelles piqûres d'insectes sur mon mollet, je les grattai jusqu'à en faire une plaque rouge évoquant une tête de dahlia. J'avais beaucoup pensé à mes fleurs dernièrement. Je les avais laissées mourir dans le réfrigérateur de ma boutique, pétales en berne, boutons de roses fonçant jusqu'à prendre la couleur de la suie.

— Il faut qu'on parte d'ici, Martha.

— Je te l'ai dit, je refuse d'aller dans une autre grotte.

— Je ne parle pas de ça. Nous devons quitter cet endroit. Ce n'est qu'une question de temps avant que ton mari ne nous trouve.

Je le regardai, surprise.

— Pourquoi t'inquiètes-tu de ça, tout à coup ?

Il hésita.

— Ce n'est pas un endroit aussi reculé que je le pensais. Tu vois les bateaux. On se cache sans cesse. Quelqu'un finira bien par nous trouver, tôt ou tard. David, ou quelqu'un d'autre.

Il posa sa main sur mon bras.

— Nous pouvons avoir une vie ensemble, Martha. Toi, moi et Duncan.

— Une vie où ça ?

Il désigna l'aval de la rivière.

— Mon ami géologue me parlait toujours d'un endroit appelé Boquillas Canyon, le point de départ idéal pour rejoindre le Mexique.

— Tu veux aller au Mexique ?

— C'est le même désert, là-bas. Mais il y a des endroits où l'on peut vivre pendant des années sans voir âme qui vive.

— Je n'irai pas, déclarai-je.

— Pourquoi pas ?

— Cette grotte est sûre.

— Ce n'est pas vrai et tu le sais. Mais le problème n'est peut-être pas la grotte. Peut-être est-ce lié au fait que ton mari puisse te retrouver ici. Peut-être as-tu envie qu'il te trouve.

— Ne dis pas n'importe quoi, Andrew.

— Toi-même, tu disais qu'il ne te comprenait pas et qu'il te mettrait à l'hôpital s'il te retrouvait. *Jamais* je ne te ferai ça.

Il fit cette déclaration avec un léger tremblement dans la voix et j'eus envie d'embrasser la peau brune de sa jambe, puis de le pousser dans l'eau, pour avoir compliqué ma vie.

*

Cette nuit-là, je me baignai dans le lac, la lueur des bougies gambadait sur l'eau, offrant aux poissons une couleur qu'ils ne seraient jamais capables d'apprécier. Duncan pataugeait de l'autre côté, zigzaguant entre les arbres de calcite, en s'arrêtant de temps à autre pour me faire un signe de la main.

Des bulles apparurent devant moi et Andrew surgit, cheveux plaqués sur la tête. Il me poussa contre la rive de pierre, son visage tout près du mien.

— Arrête, murmurai-je. Duncan peut nous voir.

Il ne bougea pas, s'appuya simplement contre moi.

— Je t'aime, souffla-t-il. Et j'aime Duncan. Partons d'ici, Martha. Nous irons quelque part où nous serions tous en sécurité, pour toujours.

Il fit glisser sa main sur mon bras, jusque sous l'eau, vers mon poignet et enfin mes doigts ; il trouva l'alliance à mon annulaire et la fit descendre jusqu'à la deuxième phalange, mais je refermai le poing.

24

Je m'éveillai avant Duncan et Andrew, le chant d'une sorte de coq interne ayant perforé mon rêve. Je m'arrachai à l'étreinte d'Andrew et m'habillai rapidement. Je traversai la grotte pieds nus, bras tendus pour trouver l'équilibre, évitant les dents, les ailes et les sceptres. La veille, Andrew avait raconté son histoire la plus ambitieuse. Elle était parée de toutes les couleurs de l'univers, et elle avait duré des heures, au point que la lampe torche avait fini par s'éteindre et que seule la voix d'Andrew était restée. C'était une belle histoire, pleine de rebondissements, dont les détails m'échappaient maintenant, dans la clarté pâle qui envahissait la zone d'ombre, où les créatures dotées d'os plus solides, chassaient plus vite et clignaient des yeux.

*

Il m'attendait sur un tronc d'arbre abattu, ses manches de chemise déboutonnées, remontées. Je me demandai pourquoi il n'était pas entré dans la grotte. Peut-être l'avait-il fait, avant de se rendre compte qu'il n'y voyait rien. Il me dévisagea avec insistance, il n'était pas rasé, ses cheveux étaient un peu plus longs et plus gris sur les tempes. Ses yeux étaient toujours bleus, mais ils semblaient ternis, et sa peau, brûlée par le soleil, donnait une illusion de bonne santé.

La veille, il avait presque cessé d'exister, lorsqu'Andrew avait mis ses bras autour de mon corps et murmuré à mon oreille. J'avais failli céder à la tentation, à cette promesse de paix. Mon alliance avait failli glisser de mon doigt et finir au fond du lac.

Je ne pouvais pas prétendre être surprise de le voir. Nous étions au pays des étrangetés subites. Des lézards qui piaillaient comme des oiseaux, des rochers d'où naissaient des arcs-en-ciel, des plantes épineuses dont le cœur s'avérait comestible. Une petite bouffée de vent ébouriffa ses cheveux, remonta son col. Lorsqu'il l'arrangea, je remarquai qu'il portait toujours son alliance et je baissai les yeux, pour m'assurer que la mienne était toujours à mon doigt. Lorsque je la vis à la base de mon annulaire, j'eus envie de la lui montrer, comme une preuve que je ne l'avais pas oublié.

J'avais tant redouté ce moment, pourtant, en le regardant, je fus envahie de l'espoir fou, ultime, qu'il était revenu à lui. Près de mon pied gauche, les restes de la leçon de Duncan de la veille, gravée dans le sol rocheux, laissée à la lecture de la lune. « Voyage », « silence » et « marteau ». J'espérais qu'il avait vu les mots et compris que j'étais toujours une bonne mère. Je faisais en sorte que mon fils sache lire et écrire. Tant de mots tracés à l'aide d'une branche puis réécrits.

— David, le saluai-je.

25

Il se leva, sans me quitter des yeux.

— C'est bon de te voir, dis-je. On n'a pas beaucoup de visites à la grotte, à part les inévitables Témoins de Jéhovah, de temps en temps.

Il ne sourit pas. Il préféra jeter un coup d'œil du côté de l'entrée.

— Je n'arrive pas à y croire, dit-il d'une voix rauque.

— À croire à quoi ?

Il désigna la grotte.

— Tu vis là-dedans ?

— Ce n'est pas ce que tu crois.

— Froid et sombre ?

— C'est vrai, mais il n'y a pas que ça. Tu verras, l'assurai-je.

Je n'étais pas très sûre du protocole à suivre entre un mari et la femme qui l'a abandonné. Devais-je le prendre dans mes bras ? Lui serrer la main ? J'aurais adoré le toucher, déboutonner sa chemise et parcourir de mes mains son corps mince pour m'assurer que je ne rêvais pas. Mais ce geste aurait paru insupportablement grossier.

— Comment m'as-tu trouvée ?

— J'ai fouillé dans tes papiers. Épluché tes relevés téléphoniques. Parlé à tous les amis que tu as pu croiser. Je me suis même levé, une nuit, pour faire le tour de la maison en suivant le chemin que tu prenais quand tu n'arrivais pas à dormir. J'ai essayé d'imaginer ce que tu avais dans la tête. Je suis même allé voir ton psy, mais il n'avait aucune réponse à me donner. J'ai engagé un détective privé, mais il a disparu à son tour. Alors j'ai tout repris depuis le début, seul. Je suis retourné voir tous les voisins. J'ai relu tes vieilles lettres. Parcouru toutes tes factures archivées à la boutique...

— Comment sont les fleurs ? demandai-je, me rendant compte trop tard de l'absurdité de ma question.

Il s'interrompit un instant.

— Il restait une seule rose en vie, dit-il. Dans un coin du frigo. Son bourgeon ne s'était pas ouvert. Je l'ai rapportée chez nous et elle a fleuri sur notre table de cuisine.

Sa voix était plus douce que dans mon souvenir et j'éprouvai une soudaine gratitude à l'entendre parler de l'unique chose vivante du magasin, au lieu de toutes celles qui étaient mortes.

Il mit la main dans sa poche et prit quelque chose dans son poing.

— Tiens.

Il desserra les doigts pour me montrer les pétales séchés.

— Oh, lâchai-je.

Un coup de vent les emporta et les dispersa autour des rochers.

— Pardon, dit-il en les regardant s'envoler.

— Non, David. Merci. Ça me touche beaucoup.

Il enfonça ses mains dans ses poches.

— En parcourant tes factures, j'ai cherché des clients réguliers. Des amis ou des associés dont j'ignorais l'existence. Il y en avait beaucoup. Je ne compte plus le nombre de mères au foyer avec lesquelles j'ai discuté, ainsi qu'un homme qui avait sept maîtresses.

— Comment arrivais-tu à travailler, David ?

Il parut déconcerté.

— Je ne travaillais pas. Comment aurais-je pu ?

Il baissa les yeux. Une libellule apparue de nulle part voleta autour de sa joue mal rasée.

— Tu as perdu ton travail ?

— J'ai démissionné.

Je repensai à toutes ces photographies qui ornaient autrefois les murs de son bureau, David signant ses contrats ou en reconnaissance sur le terrain. Désormais, ces clichés avaient été remplacés par de nouveaux : David qui rencontrait le détective privé, téléphonait au Texas, ouvrait la porte grinçante d'une boutique de fleurs, assis, seul, à la table de la cuisine, devant une unique rose fleurie.

— Je suis désolée, dis-je.

203

— Un de tes clients, du nom d'Ed Godwin, venait chaque semaine, à en croire tes factures. Un vieux type bizarre, dans une maison pleine de journaux, un vase d'œillets fanés sur la table. D'abord, il a assuré ne rien savoir. Il s'est mis à me parler de ses femmes, qui dansaient merveilleusement, qu'il avait aimées aussi fort l'une que l'autre, au point d'être incapable de choisir entre elles, encore aujourd'hui. Et il m'a raconté qu'elles étaient toutes deux mortes dans ses bras, l'une en 1948, d'une insuffisance rénale, l'autre en 1967, d'un cancer.

David se souvenait de ces faits avec précision ; autrefois, j'avais relu ses rapports de forage, j'y avais vu ce même amour du détail.

— Il prétendait n'avoir aucune idée de l'endroit où tu te trouvais, mais j'avais l'impression qu'il mentait. Alors j'ai commencé à venir le voir tous les deux jours. Je l'ai laissé parler. Il savait où tu étais. J'en étais certain. Et un jour, j'ai dit à cet homme : « Vous connaissez ma femme. Vous avez vu comme elle est belle. Au moins aussi belle que les vôtres. Elle aimait danser, elle aussi. Comme vos femmes. Elle est malade. Elle est malade et elle a disparu au milieu de la nuit. Si vous savez où elle se trouve et que vous ne me le disiez pas, vous serez responsable de ce qui pourrait lui arriver. Vous dites que deux femmes sont mortes dans vos bras. Et si la mienne mourait, là-bas, loin de mes bras ? Toute seule ? Pourriez-vous souhaiter cela à un autre homme ? »

Je les imaginai tous les deux, dans la cuisine du vieux monsieur, avec ses chaises en bois courbé, ses rideaux aux motifs de bégonias croix de fer, son linoléum gondolé près des plinthes. Le vieil homme n'avait pas une chance avec David, capable de trouver du pétrole sous la terre et la vulnérabilité sentimentale dans la moelle de son interlocuteur.

— De quoi j'ai l'air? demandai-je à David.

Il scruta mon visage.

— Tu es bronzée. Tes cheveux sont beaucoup plus courts.

— On va avoir un coiffeur, cet automne, dans une autre grotte au bord du fleuve.

Manifestement, mon humour ne lui avait pas manqué.

La lumière augmentant, je distinguais mieux les cercles noirs sous ses yeux, les taches sur sa chemise, les petites baies violettes prises dans ses revers de pantalon. Il écarta un mille-pattes de son bras.

— Tu ne m'as même pas demandé de nouvelles de Duncan, lui fis-je remarquer.

— J'ai peur de poser la question.

— Il va bien. Il est heureux.

Il digéra cette information, voulut dire quelque chose, se ravisa.

— Je pense à lui chaque jour, chaque seconde, quand je ne pense pas à toi, dit-il enfin. Il me manque tellement, c'est insupportable.

— Tu lui manques aussi.

Il ne répondit rien. Que dire à la femme qui lui avait volé son fils, au milieu de la nuit?

Le mille-pattes rampait sur sa chaussure, il s'en débarrassa.

— Il est heureux ici, David. Je sais que tu ne me crois pas, mais c'est vrai. Il sait le nom de la plupart des fleurs que tu vois autour de toi et il connaît l'orthographe de presque tous les mots. Regarde, dis-je en désignant du pied un mot écrit sur le sol. Je lui donne des leçons.

Il ferma les yeux.

— Tais-toi, Martha. Ne dis plus rien.

Je retirai mon orteil pointé.

— Je sais que tu me crois folle d'avoir emmené Duncan ici. Mais j'avais mes raisons. Et ça a marché. Il adore la grotte et le fleuve et puis il…

… *adore Andrew.*

— On en parlera plus tard, fit David d'une voix épuisée.

— Tu n'as pas dormi, n'est-ce pas ?

— Je n'ai pas fermé l'œil depuis deux jours.

Il rouvrit les paupières.

— Pourquoi choisir cet endroit, le plus reculé au monde ? Tu n'es pas en sécurité ici. Les gardes forestiers m'ont prévenu qu'il y avait des crues subites et des pumas.

— Mais pas de gardien d'école.

Il plissa les yeux.

— Des serpents à sonnettes, des scorpions, ajouta-t-il.

— Disons qu'il faut savoir ce que l'on fait.

Je m'exprimai d'un ton dur, bien que ce ne fût pas vraiment intentionnel. Je voulais seulement donner des arguments en ma faveur, prouver de quoi j'étais capable. Depuis quelques minutes, j'essayais de juger le son de ma voix.

Était-ce la même voix que j'avais avant la mort de Linda, ou bien avait-elle changé ?

— Tu repars avec moi ? demanda-t-il.

C'était une question plaintive, à travers laquelle je ressentis son évidente douleur, je vis la cuisine, les taches au fond des tasses qu'il avait lavées. Je vis l'horloge, au mur. Le répondeur qui clignotait, et lui qui se penchait pour écouter après avoir appuyé sur le bouton.

— Tu n'étais pas obligée de partir, dit-il. On aurait pu s'en sortir. On peut encore s'en sortir. Je suis ton *mari*.

— Tu n'as pas compris. Je ne dis pas que c'est ta faute. Tu ne pouvais peut-être pas faire autrement. Mais je ne pouvais pas rester en connaissant ton point de vue.

— Je ne suis pas en colère contre toi. Pas du tout. Je veux juste m'occuper de toi. Je te le jure. Je ferai en sorte que tu guérisses, il faut que tu m'en donnes la chance.

— Que moi, je guérisse ? Et toi, alors ?

— Je ne veux pas argumenter. Je suis tellement fatigué.

Je m'approchai de lui, plaçai ma main sur sa joue ; cette pression parut vider l'air de ses poumons.

— Je sais que tu ne vas pas me croire, mais j'ai pensé à toi à chaque seconde. Même quand je ne m'en rendais pas compte, tu étais là. Je sentais ta présence en chaque chose, à chaque instant.

Il saisit mon poignet.

— Comment vas-tu, Martha ?

Sa voix, si douce et pleine de sollicitude, me brisa le cœur. Je l'imaginai, sur son bateau, heurtant les rochers, tournant sur l'eau. C'était le pétrole, pas l'eau, son élément. Il avait fait tout ça pour moi.

Mon guide ne m'expliquait pas comment affronter l'arrivée d'un mari dans la grotte de sa femme adultère et la découverte de son amant à l'intérieur. Je n'avais jamais craint d'infidélité de la part de David. Il n'était pas ce genre d'homme. Moi, même une semaine avant, jamais je ne me serais crue capable de le tromper. Nous entrâmes ensemble dans la zone d'ombre, puis les ténèbres s'abattirent sur nous. Quelques pas suffirent à nous plonger dans l'obscurité la plus totale et je me demandai si tout cela n'était qu'un rêve, si en réalité, il n'était pas trois heures du matin, s'il n'y avait ni lever de soleil, ni gazouillis d'oiseaux à l'extérieur, ni mari abandonné marchant à mes côtés. David posa une main sur mon épaule pour trouver son équilibre.

— Baisse-toi, dis-je.

— Pourquoi ?

— Il y a une stalactite juste devant nous. En forme de couteau.

— Comment arrives-tu à avancer comme ça, dans le noir ?

— Je sens les choses.

Je ne parvenais pas à déterminer s'il était effrayé ou curieux. Je pressai sa main.

— Arrête-toi une minute, David.

— Qu'y a-t-il ?

— Il y a quelqu'un d'autre dans la grotte, à part Duncan.

Il lâcha ma main.

— Qui ?

— Un ami. Je voulais juste que tu sois au courant.

Il n'y eut pas de réponse dans l'obscurité.

— David ?

Je vins poser la main sur son bras.

— Qui est cet ami ? voulut-il savoir.

Il avait l'air soupçonneux. Comme toutes les créatures vivant dans les grottes, il avait perçu le ton dans ma voix.

— Peu importe. Tu verras.

Je repris sa main et le guidai, franchissant le dernier coin avant la salle.

Andrew était accroupi devant le poêle, il nous tournait le dos. La lueur des bougies jouait sur la peau nue de ses épaules.

Duncan était invisible.

— Où est Duncan ? demandai-je.

— Je crois qu'il est dans l'autre salle, répondit Andrew sans se retourner.

— Qui êtes-vous ? voulut savoir David.

Andrew se figea en entendant sa voix, il se redressa et nous fit face.

Les deux hommes se dévisagèrent.

— David, dis-je. Je te présente Andrew.

— Il ne s'appelle pas Andrew, répondit David. Il s'appelle William. William Travis.

— Qu'est-ce que tu racontes ?

— Expliquez-lui, fit David.

— Ce n'est pas ce que tu crois, Martha. Il m'a engagé pour te retrouver, mais...

— David t'a engagé ?

— Pourtant, on ne peut pas dire qu'il fasse un bon détective, ajouta David, la voix tendue. Normalement, un privé n'est pas censé disparaître à son tour.

— Je n'arrive pas à y croire, fis-je.

Mon esprit se perdait en cercles frénétiques.

— Vous travailliez ensemble, tous les deux ? contre moi ?

— C'est différent, aujourd'hui ! insista Andrew. Je t'aime !

— Tu l'aimes ? C'est ma femme ! répondit David en fonçant vers lui et en le bousculant. Tu as couché avec elle ? Tu as abusé d'une femme malade ? Je te ferai mettre en prison.

— Ne me touche pas, prévint Andrew, et la grotte s'emplit d'une menace de guerre.

— Duncan ! m'écriai-je. Reste où tu es. Ne viens pas par ici.

— Martha n'est pas malade, dit Andrew. Elle va bien. C'est peut-être toi, le malade.

— Tu es bien placé pour faire un diagnostic pareil ! Avec ce que j'ai découvert sur toi ! Tu n'es qu'un lamentable poivrot qui a été viré de la police ! Et incapable de garder ta propre femme, hein ?

— David, intervins-je, n'essaye pas de…

Je me tus. Duncan venait de faire son apparition dans la salle.

— Le voilà, David, déclarai-je d'une voix fière. Voilà ton fils.

Je lui montrai le fond de la grotte.

— Duncan ?

David fit quelques pas, s'arrêta. Ses épaules s'effondrèrent, il s'écroula sur le sol, la tête dans les mains. Déconcertée, je m'agenouillai à côté de lui, assez près pour entendre sa respiration courte. Je ne l'avais jamais vu pleurer, ni lors de notre mariage, ni à la naissance de son fils, ni à l'enterrement de son père.

À la lueur des bougies, Duncan nous observait.

Je mis la main sur l'épaule de David.

— Papa ? dit Duncan.

Il s'approcha, pencha la tête sur le côté pour mieux voir son père.

— Papa, je savais que tu nous trouverais. Je le savais depuis le début.

26

David avait toujours la tête enfouie dans les bras. Et moi je restais là, totalement désorientée par le tour que prenaient les événements, je souhaitais désespérément éteindre toutes les bougies, foncer dans mon sac de couchage en espérant que le soleil ferait de même. Recommencer la journée de zéro me paraissait une bonne idée.

— Dis-lui de partir, dit Andrew.

— Maman, protesta Duncan. Je veux que papa reste.

— Papa n'ira nulle part, Duncan. Quant à toi, Andrew, ou quel que soit ton nom, d'ailleurs, tais-toi. Sors d'ici.

— Papa ! s'écria Duncan en donnant un petit coup sur l'épaule de son père.

— Laisse papa tranquille quelques minutes, chéri. Va jouer dehors.

Andrew regarda David.

— Quoi qu'il dise, ne lui fais pas confiance, Martha.

— Plutôt amusant, venant de toi, répondis-je.

Andrew fit signe à Duncan et ils se coulèrent dans l'obscurité, nous laissant seuls tous les deux. Je m'assis auprès de mon mari, sans le quitter des yeux. C'est moi qui lui avais fait ça. Je m'étais emparée de l'homme le plus stoïque au monde et je l'avais réduit en pièces. Une photo de moi serait affichée dans toutes les chambres des parents de la planète, comme un avertissement aux couples qui croient se connaître.

— Je te demande pardon, David, dis-je, et je le pensais sincèrement.

J'avais fait de mon mieux pour le tenir à l'écart de mes pensées, mais le désert, qui offrait pourtant l'amnésie pour tous les autres souvenirs, me refusait ce dernier cadeau. Je n'étais pas sûre qu'il aurait pu me retrouver si je l'avais véritablement oublié. Maintenant, il était là pour nous ramener avec lui. Il avait sûrement déjà payé notre chambre d'hôtel à Alpine et notre vol de retour vers le nord.

Ses mains étaient retombées, sa tête tournée sur le côté, sa respiration était profonde, lente. Je mis la main sur son épaule.

— David ?

Il était profondément endormi, épuisé par ces jours passés sur le fleuve et toutes les semaines qui les avaient précédés. Je m'assis et le contemplai, deux heures durant, jambes croisées, mains repliées sur mes genoux. Je retrouvai mon lecteur CD et essayai de passer une chanson de John Denver, mais aucun son ne sortit. Les piles étaient mortes. Absence de musique, présence de mari. Une grotte soudain refroidie. Je pris la tasse en fer-blanc d'Andrew et la remplis de l'eau claire du lac, que je bus lentement, puis je m'emparai d'une couverture que je plaçai autour des épaules de David. Il ne bougea même pas.

En arrivant près du fleuve, j'aperçus d'abord Duncan, dans l'eau jusqu'aux mollets. Andrew était assis sur le rocher derrière lui, genoux sous le menton, la main sur la joue. Des lustres semblaient s'être écoulés depuis que nous avions fait l'amour. On se blindait contre la culpabilité avec le temps, imaginai-je.

— Ça va, mon chéri ? dis-je en arrivant à hauteur de Duncan.

Il sortit de l'eau et s'assit sur la berge.

— Papa pleure toujours ? demanda-t-il.

— Non, il dort.

Duncan avait l'air d'avoir pleuré, lui aussi.

— Qu'est-ce qu'il a ? Il n'est pas content de me voir ? Il ne m'a même pas parlé.

— Mais si, il est content, chéri. C'est juste qu'il est très fatigué parce qu'il nous a beaucoup cherchés, il a besoin de repos. Il te parlera plus tard.

— Je veux lui montrer la grotte. Les autres salles, les histoires et tout.

— Tu pourras lui montrer, ça lui plaira.

Je jetai un coup d'œil vers Andrew, qui croisa mon regard puis détourna les yeux très vite.

— Papa est triste, dit Duncan.

— Oui, mais il ira mieux dès qu'il verra que tu vas bien et que tu es heureux. Tu es heureux, n'est-ce pas ?

Il acquiesça.

— Tu n'en veux pas à maman de t'avoir emmené ici ?

Il secoua la tête et j'embrassai son visage tout frais avant de rejoindre le rocher où se trouvait Andrew. Il m'avait laissé une place à côté de lui. Nous avions regardé les couchers de soleil ensemble, depuis cet endroit, les couleurs dans le ciel différentes chaque soir, mais où dominait toujours le rouge. Le jaune s'était faufilé sur ses traces, un jour, et tout avait pris une teinte orange. Je m'assis et nous regardâmes l'eau couler. Je sentais qu'Andrew avait beaucoup de choses à dire et que s'il décidait de graver ses mots dans le sol ils rempliraient le désert, s'étireraient de cactus en cactus, disparaîtraient dans les roseaux pour réapparaître de l'autre côté, orneraient les rives, s'inscriraient même en filigrane sur les nids vides des hirondelles.

— Alors, comment ça va, monsieur le détective, autrefois connu sous le nom d'Andrew ?

— Je m'appelle Will. Will Travis. Mais je préfère Andrew.

— Enchantée, dis-je d'une voix glaciale. Depuis le début, tu te faisais passer pour un autre. Combien de mensonges m'as-tu racontés ?

— Je ne t'ai pas menti. Ma femme m'a vraiment quitté. J'ai vraiment été poignardé dans un bar. J'étais alcoolique. J'avais vraiment besoin de tout oublier.

— Peu importent les vérités. C'était toi, le mensonge.

— Au début, j'ai menti. Mais après, je te le jure, je ne mentais plus. J'ai vraiment cru aux choses auxquelles tu croyais.

— Comment savoir si c'est vrai ou non ?

— Arrête ! Écoute-moi, tu veux ?

L'urgence était perceptible dans sa voix.

— Écoute-moi, pour Duncan, poursuivit-il. Parce que je vais te dire une chose avant que tu souffres. Ton mari n'aime pas Duncan.

Il essayait délibérément de me contrarier, maintenant.

— Tu es fou ! C'est son père ! m'insurgeai-je.

— Oui, oui, mais je l'aime plus que lui. Tu verras, Martha.

— Bien. Ravie d'avoir discuté avec toi.

Je me laissai glisser le long du rocher, mais il m'attrapa par le poignet et me tira en arrière.

— Que représente-t-il pour toi ?

— Il est mon mari.

Andrew me jeta un regard suppliant.

— Je t'aime.

— Il m'aime aussi, affirmai-je.

J'étais prise au piège entre deux formes d'amour rivales, un fleuve coincé entre deux pays frontaliers.

— Mais moi, je te comprends, lui ne te comprendra jamais.

— Tu sais quoi ? David ne m'a jamais menti. Pas une seule fois.

— Il va essayer de te récupérer. Tu le sais. Que suis-je censé faire s'il se met à te traîner hors de la grotte ? Rester là à le regarder faire ?

Je jetai un coup d'œil par-dessus mon épaule. Allongé par terre, bras écartés, Duncan contemplait les nuages.

— Je crois qu'on n'en arrivera pas là.

— Nous avons le choix, dit Andrew. Nous pouvons lui échapper.

À mon retour à la grotte, David était réveillé. Il était assis sur la rive de pierre, au bord du lac. Il avait allumé les dernières bougies ; leurs flammes se reflétaient dans l'eau et la lumière soulignait des cernes si foncés sous ses yeux qu'ils ne pouvaient être réels. Cela faisait longtemps que la pièce n'avait pas été aussi éclairée. Je pouvais distinguer les détails des arbres de calcite, les parties les plus minces des concrétions prenaient des teintes orangées.

Les contes de la grotte s'étaient multipliés, ils s'étaient rejoints. Tous les archétypes avaient été représentés, tous les scénarios aussi. Ils se croisaient, s'entrecroisaient : les sorcières avaient des rendez-vous galants avec des généraux, les loups se transformaient en capitaines de navire. Les princesses épousaient des lions, les oiseaux parcouraient les profondeurs de l'océan. On pouvait dire que même les récits avaient perdu la boule :

les modèles n'existaient plus, la justice l'emportait toujours, d'une certaine manière, mais souvent aux dépens des innocents. Je ne pouvais dire quand nos histoires nous avaient échappé. David était là pour imposer l'ordre, pour reconvertir l'imagination en pierre.

— Depuis quand es-tu réveillé ? demandai-je.

— Quelques minutes.

— J'étais au bord du fleuve.

Il attendit longtemps avant de parler, ou du moins, le temps parut long.

— Alors tu as couché avec lui.

Ce n'était pas une question, mais une simple affirmation.

— Oui. Et je m'en veux terriblement.

J'avais trahi mon mari deux fois. D'abord en prenant la fuite, puis en prenant un amant.

— Je suis désolée. Je n'aurais jamais cru que ça se produirait. Je ne voulais même pas le laisser entrer dans la grotte, au début. J'avais taillé une lance...

J'abandonnai. Mes explications paraissaient insensées.

— Ne t'accable pas, chérie. Il a profité de toi. Tu n'es pas toi-même.

— Je crois être plus moi-même que je ne l'ai jamais été.

— J'espère que non.

Il scruta l'eau du lac.

— Ce sont des poissons ? demanda-t-il.

— Oui.

— Ils ont l'air bizarre.

— Ils sont aveugles.

Il plongea la main dans l'eau et la laissa s'écouler à travers ses doigts. Je m'assis à côté de lui.

— Je ne t'accuse de rien, rationnellement, dit-il. Mais tu ne sais pas quel effet ça m'a fait. Me réveiller dans cette maison vide. Tous ces jours d'attente, sans savoir si tu étais vivante ou morte.

— Je ne pensais pas que ça te ferait autant de mal. Tu as toujours été si fort. Je croyais que tu...

Il me dévisagea.

— Que je m'en remettrais ? Après Duncan ? Après ton départ, il ne me restait plus personne pour qui être fort. Personne n'avait plus besoin de moi pour quoi que ce fût.

Sa main retourna vers l'eau, en troubla la surface.

— On voit tout ici, dit-il sans y penser. On voit jusqu'au fond.

— On s'y baigne. J'aime bien nager sous l'eau et ouvrir les yeux.

Il parcourut la pièce du regard.

— Tu vis dans un conte de fées.

— Qu'y a-t-il de mal à cela ?

— Ce n'est pas la réalité.

— Qui peut dire où est la réalité ?

Je donnai un coup en surface du lac et les poissons s'enfuirent en direction de la forêt de calcite.

— Tu n'as jamais été fier de moi, David. Du moins, tu ne l'as jamais dit. Tu as toujours été le plus intelligent, celui qui réussissait. Tu n'es pas du tout impressionné de voir que j'ai réussi à faire fonctionner tout ça, à faire en sorte que ton fils soit en sécurité, qu'il soit heureux, joueur et intelligent ? Je n'ai donc pas droit à ce mérite ?

— Oh, Martha, fit-il d'une voix triste et douce. Quand tu dis des choses pareilles, ça me brise le cœur.

Cela faisait si longtemps qu'il n'avait pas mentionné son cœur ni sa fragilité. J'avais envie de poser la main sur sa poitrine, de sentir le battement de cet organe qu'il venait de mentionner.

— Tu l'aimes, Martha ?

L'urgence dans sa voix me poussa à prendre sa main. Il ne la retira pas. Tant de nuits, je l'avais souhaité vulnérable, enfoncé sous terre, dans la vase des intentions et des espoirs. Je l'avais voulu romantique, avec une pointe de désespoir. Mais je ne pouvais balayer ainsi l'histoire d'Andrew. Et alors même que mes doigts se glissaient entre ceux de mon mari, qui les serraient, je me demandais ce qu'Andrew était en train de faire. Je me demandais ce qu'il pensait, ce qu'il craignait. Je l'avais laissé sans lui dire ce que j'allais faire, et je me demandais quelle posture son corps avait bien pu prendre, en l'absence de réponse.

— Je crois que je l'aime, admis-je.

Les doigts de David se raidirent et s'écartèrent.

— Et moi ? murmura-t-il. Tu m'aimes ?

— Je t'aime plus, David. Plus qu'Andrew, plus que n'importe quel autre homme. Ça ne m'arrange pas d'éprouver ces sentiments. Mais c'est vrai.

— Alors, repars avec moi. Je ferai tout pour que tu guérisses. Je te rendrai heureuse. Je te le promets.

Je voyais ses larmes et pourtant, je me souvins de l'avertissement d'Andrew. *Ton mari n'aime pas Duncan.*

Les bougies se consumaient. Dans quelques heures, nous n'en aurions plus une seule ; elles allaient disparaître, dans ce monde qui avait besoin d'elles. Ma voix se fit murmure.

— Je demanderai à Andrew de partir. Cette grotte peut être ta maison, à toi aussi. Nous vivrions ici ensemble, nous serions si heureux, David, je te le jure. Tu serais surpris de tout ce que l'on peut oublier, ici. Il suffit de croire. Peux-tu croire, David ? Parfois, j'oublie même que Linda est morte.

En entendant ces mots, il se releva d'un bond.

— Oh mon Dieu, dit-il, mon Dieu.

Une autre bougie mourut.

— Penses-tu que je n'aie pas envie de croire ? Penses-tu que ça ne me rendrait pas plus heureux ? Tu es tellement convaincante. Ça me désole de voir à quel point tu es convaincante. Ce matin, j'ai cru l'apercevoir à la lueur des bougies. Pendant une seconde, j'ai cru qu'il était réel.

Je le regardai, déconcertée. Ses mots n'avaient aucun sens. Il se remit à pleurer et je voulus m'approcher de lui, le serrer dans mes bras, lui dire que tout irait bien, s'il avait la foi.

Mais il n'avait pas la foi, et pour le prouver, il redit, encore une fois, ce qu'il avait déjà dit dans l'Ohio.

— Martha, Linda est vivante ! Elle n'a pas été tuée dans cette explosion. C'est Duncan qui est mort ! Notre fils est mort !

27

Mon mari était fou. Il avait complètement perdu l'esprit. Je hurlai sur lui de toutes mes forces, au point qu'Andrew, qui avait dû écouter depuis l'entrée de la grotte, surgit tout à coup dans la salle.

— Que se passe-t-il ? Qu'y a-t-il ? demanda-t-il.

— Il est fou ! dis-je en accusant mon mari du doigt, et en donnant un coup de pied qui renversa une bougie. Tais-toi, David ! Tais-toi !

— C'est vrai ! cria David. Je ne peux pas faire semblant !

Il pivota d'un coup pour se retrouver face à Andrew.

— Dis-lui que c'est vrai, Will !

— Qu'est-ce que je suis censé dire ?

— Ne le répète pas ! hurlai-je sans parvenir à empêcher David de réaffirmer à nouveau ce qu'il venait de dire.

Andrew prit une inspiration. Le silence envahit soudain la grotte et nous attendîmes que son jugement s'abatte sur l'un de nous.

— Il n'est pas mort, lâcha-t-il enfin.

David fit un pas dans sa direction.

— Tu mens, espèce d'enfoiré. Tu crois aider ma femme en étant d'accord avec elle ? Tu crois qu'elle guérira un jour si tu continues comme ça ?

— Elle va déjà mieux, répondit calmement Andrew. Elle est heureuse. Tu ne veux pas la voir heureuse ?

— Bien sûr que si. Je suis son mari. Mais c'est un mensonge !

Duncan avait fait son apparition dans la grotte, il nous regardait sans un mot, dans la faible lumière.

— Duncan est-il ici en ce moment ? demanda David.

— Oui, dis-je.

Les yeux de Duncan s'écarquillèrent lorsque je pointai le doigt dans sa direction.

David se tourna vers Andrew.

— Et tu le vois aussi ?

— Au début, je ne le voyais pas. Mais maintenant, oui, je le vois.

Andrew me regarda.

— Je le jure devant Dieu, je le vois, Martha.

— Chérie, supplia David. Je m'occuperai de toi. Je ferai tout pour que tu guérisses. Nous pouvons tout reprendre de zéro. Nous aurons un autre enfant.

Je me sentais calme.

— Je n'ai pas besoin d'un autre enfant, David. J'ai déjà un enfant.

— Où as-tu dit qu'il se trouvait, Martha ?

La voix de David se teintait d'un accent étrange, je regrettai d'avoir jeté au vent mes médicaments. Mon mari en avait bien besoin.

— Il est debout, juste là, dis-je en désignant à nouveau Duncan, qui prit un air incertain.

Tout à coup, David vint se placer juste devant Duncan et il leva la main en l'air, très haut. David n'avait jamais frappé son fils, même pas une petite tape. Mais je me rendis compte, avec horreur, qu'il allait essayer de passer la main au travers de la poitrine de Duncan.

— Non ! m'écriai-je.

La main de David s'abattit.

Andrew attrapa son poignet.

De sa main libre, David repoussa Andrew. Ce dernier le poussa à son tour, il heurta une stalactite, qui se rompit dans un craquement sonore. David s'effondra, mais se remit très vite sur ses pieds et fonça sur Andrew.

— Arrêtez ! hurlai-je.

C'était trop tard. Ils se donnaient des coups de poing, luttaient à même le sol, les bougies s'éteignaient, leur combat se déroulait dans une obscurité grandissante. Je me précipitai sur Duncan, m'agenouillai derrière lui et lui cachai les yeux. Je ne voulais pas qu'il voie ce qu'il était advenu de notre rêve. Andrew et David se lançaient des injures, roulaient sur le sol, les concrétions de calcite s'assombrissaient une à une. Les formations encore visibles ne ressemblaient à rien d'autre qu'à de la pierre.

La bagarre était terminée ; impossible de savoir qui l'avait gagnée, qui l'avait perdue. David et Andrew étaient assis chacun d'un côté de la salle, deux bougies brûlaient encore, l'une éclairant le bras et les genoux d'Andrew, l'autre jouant sur le visage de David. Personne ne disait rien.

Duncan et moi étions assis tous les deux, dans le noir, et nous les observions. J'étais triste à cause des concrétions brisées ; je ne pourrais plus regarder le vieil homme en face. C'était tellement injuste, la délicatesse de la calcite, les siècles nécessaires à la composition des formes. Les histoires ne seraient plus jamais les mêmes.

Une mèche de bougie crachota, le bras d'Andrew vira à l'orange, au noir, puis disparut. David cligna des yeux, de l'autre côté de la salle. J'entendis Andrew se lever, s'approcher de moi, avant de se diriger vers la sortie. Duncan se dégagea doucement de mon étreinte et le suivit. Je le laissai partir. Je savais qu'Andrew irait jusqu'au fleuve, où mon bateau pneumatique était caché, entre les roseaux. Il y avait jeté un œil, une semaine plus tôt, et avait constaté qu'il était sale et dégonflé, mais pas crevé. Il allait regonfler l'embarcation, lui redonner sa forme initiale, la mettre sur les flots et s'en aller vers le Mexique.

Observer le visage de David à la lueur de la bougie était à la fois triste et nécessaire et je n'essayai pas de m'empêcher de ressentir mon amour pour lui. Je n'avais pas pleuré depuis le jour de la bombe, mais je m'y autorisais maintenant, au milieu des criquets qui trottinaient, des ombres qui s'abattaient sur le visage de David, de la goutte d'eau réparatrice qui roulait le long de la stalactite brisée et entamait le travail de reconstruction.

— Ça me fait du bien de te voir, David, dis-je enfin. Je te regarde à la lumière de la bougie. Tu es si beau. Tu l'as toujours été.

David prit la dernière bougie, rampa jusqu'à moi et la tint à hauteur de mon menton, au point que je sentis la chaleur gagner mon visage.

— Toi aussi, Martha, tu es belle.

Il avait une coupure à la joue, le nez en sang.

— Je suis désolée pour Andrew, lui dis-je. Je n'ai jamais voulu t'être infidèle. Mais j'ai besoin de lui maintenant, tu comprends ?

David posa la bougie entre nous deux et mit ses mains autour de mon visage.

— Nous sommes tous les deux, plaida-t-il.

— Et ça me suffisait avant la naissance de Duncan. Ce n'est plus le cas aujourd'hui.

— Ne me quitte pas.

— Je suis obligée, déclarai-je.

— Où vas-tu ?

— Au Mexique.

— Oh Martha !

Ses mains étaient chaudes, autour de mon visage. La lumière de la bougie s'éleva entre ses avant-bras et passa sur ses yeux.

— David, je ne veux pas te quitter alors que tu es malade. Mais je n'ai pas le choix. Crois-tu que tu iras mieux, un jour ?

— Je ne sais pas. Je me pose la même question à ton sujet.

— Tu te souviens du matin où ils m'ont amené Duncan ? C'était un si beau bébé. Tu es entré dans la pièce et l'infirmière te l'a mis dans les bras. Tu étais tout excité. Je vous ai regardés, tous les deux, depuis mon lit d'hôpital. Qui aurait cru que ce même enfant qui nous avait unis nous séparerait un jour ?

Personne ne pouvait nous voir ici. Des tonnes de calcaire recouvraient notre mariage, je n'étais pas obligée de suivre les règles de la séparation à la lettre. Aussi, je l'embrassai jusqu'à ce que la flamme entre nous me chauffe trop le coude droit pour continuer. Je me levai, l'obscurité rafraîchit mon visage et ma bouche, et je quittai la grotte.

À mi-chemin du fleuve, j'entendis les pas de David derrière moi.

Andrew et Duncan se tenaient sur la rive. En nous voyant, Duncan fit un signe de la main. Andrew avait gonflé le bateau, qui flottait sur l'eau scintillante, son amarre enroulée autour d'une branche d'arbre, pour l'empêcher de dériver. La pleine lune avait fait son apparition, ainsi que des millions d'étoiles. La dernière fois que le ciel avait été aussi clair, Duncan et moi regardions notre break partir en flammes.

Quand j'atteignis la berge, je vis qu'Andrew avait du sang sur sa chemise. Il ne dit rien. Il savait que j'avais fait mon choix.

— Tu es prêt à partir, mon chéri ? demandai-je à Duncan.

— Oui.

— Nous allons dans un endroit magnifique,
mon fils. Encore plus beau que notre grotte.
Ça te plairait ?

— Oui, dit-il, mais il regardait David, qui
descendait la pente tant bien que mal. Papa ne
vient pas ?

— Non, mon chéri. Ton père est trop triste
pour se joindre à nous.

— Mais il viendra nous rendre visite ?

— Un jour, peut-être, lui dis-je, parce que la
vérité lui aurait fait trop mal.

J'étais sa mère, je savais ce que je pouvais
dire et ne pas dire. Duncan entra dans l'eau.
Le bateau ne bougea pas lorsqu'il monta à
bord et rejoignit sa place habituelle.

— Martha ! cria David.

Andrew me tendit la main.

— On y va, dit-il.

Je regardai en arrière et vis David qui courait dans notre direction. Andrew et moi fîmes
quelques pas dans l'eau et grimpâmes dans le
canot au moment même où David atteignait
la rive.

— Martha ! Martha ! criait désespérément
mon mari. Ne pars pas, chérie. S'il te plaît, ne
pars pas !

Il plongea dans le fleuve, Andrew dénoua la
corde et le courant emporta l'embarcation.

— Retourne sur la rive ! suppliai-je David.

Mais il se mit à nager comme un forcené,
tandis que le bateau gagnait en vitesse et que

mon amour pour lui me submergeait. Le fleuve nous rapprochait du canyon, la lumière des étoiles se reflétait si vivement sur l'eau que je devais me protéger les yeux.

— Dépêche-toi, papa ! lui cria Duncan pour l'encourager.

— C'est trop tard, chéri, dis-je.

Notre bateau suivit un coude de la rivière et David disparut.

Peut-être l'avais-je imaginé.

Découvrez *Un été sans miel*,
le précédent roman de Kathy Hepinstall
paru aux éditions de l'Archipel.

Alice, la narratrice, est une petite fille de douze ans, précoce et tenace. C'est elle qui, par petites touches, raconte le drame qui couve dans la chaleur de l'été texan.

« Un jour, mon beau-père, Simon Jester, se tenait près de la cuisinière, il se faisait frire un œuf. Je suis arrive derrière lui et j'ai dit quelque chose. Surpris, il s'est retourné brusquement.
— C'est moi, ai-je dit, effrayée par son regard.
Au lieu de me répondre, il a appuyé le bord de la spatule brûlante contre mon visage. Ma mère m'a rejointe un peu plus tard sur la terrasse et a appliqué une pommade blanche sur la cloque.
— C'est la chaleur, Alice, a-t-elle murmuré en faisant pénétrer la crème. Ça le rend nerveux... »

Alice et son frère sont persuadés que Simon cherche à se débarrasser d'eux. Sont-ils les victimes de leur imagination débordante ? C'est ce que semble penser leur mère, qui refuse de les écouter. Jusqu'au jour où elle se glisse dans leur chambre et, dans un souffle, leur lance : « Fuyez ! »

« Touchants et pleins d'ironie, les dialogues de Kathy Hepinstall sonnent justes. »
L'Express

« Impossible à lâcher ! »
parutions.com

ISBN 2-84187-590-3 / H 50-2922-8 / 352 p. / 19,95 €

(ci-après les premières pages...)

1

Après toutes ces années, mon visage en garde encore la cicatrice. Très fine, de couleur claire, comme des gants d'apiculteur. Un jour, mon beau-père, Simon Jester, se tenait près de la cuisinière, il se faisait frire un œuf. Je suis arrivée derrière lui et j'ai dit quelque chose. Surpris, il s'est retourné brusquement.

— C'est moi, Simon, ai-je dit, déjà effrayée par son regard.

Au lieu de me répondre, il a appuyé le bord de la spatule brûlante contre mon visage. Ma mère – qui insistait pour que ses enfants l'appellent par son prénom, Meg – m'a rejointe un peu plus tard sur la terrasse et a appliqué une pommade blanche sur la cloque, longue et fine.

— C'est la chaleur, Alice, a-t-elle murmuré en faisant pénétrer la crème. Ça le rend nerveux.

Ce n'était qu'une demi-vérité, la spécialité de Meg. La folie de Simon n'était pas uniquement le contrecoup de la chaleur. Pourtant, je suis persuadée que c'est la canicule grandissante d'un après-midi d'été, associée à l'impardonnable trahison de mon frère, qui a finalement poussé Simon à décider de nous tuer tous les deux.

Ce jour-là, j'étais devant le miroir, dans la salle de bains qui empestait son après-rasage, et je m'observais attentivement, à la recherche de preuves qu'il avait empoisonné mon dentifrice, mon oreiller, le lait que j'avais pourtant examiné à la lumière ce matin. Mais mes yeux étaient clairs. Les pupilles n'étaient pas dilatées. Mes lèvres n'étaient pas bleues. Je n'avais pas le teint jaunâtre. Ni de tremblements. Je me suis approchée et j'ai regardé mes dents. Mes gencives ne saignaient pas. La buée de mon haleine sur la glace semblait saine. Et, pourtant, mon corps pouvait lâcher à tout moment. Mon cœur s'arrêter.

Nous étions début juin. L'herbe était haute autour des poteaux de la clôture où mon frère avait oublié de tondre. Il y avait des trèfles et des marguerites jaunes. Des lauriers-roses en fleur. Des coccinelles, des sauterelles, des criquets. Je ne pouvais pas poser mes pieds nus sur le gazon sans que des bestioles ne s'y collent, mais je savais que l'écosystème de ce jardin, de cette maison, était perturbé. Un beau-père n'est pas censé conspirer contre ses nouveaux enfants, et, si tel est le cas, une mère est censée l'en empêcher. Mais ma mère refusait de voir la vérité sur Simon, elle lui paraissait totalement impossible, sa couleur et son intensité la contrariaient.

Une fois terminée mon inspection devant le miroir de la salle de bains, je suis sortie sur la terrasse derrière la maison. Mon frère était en train de nettoyer ses lunettes. Ses mains tremblaient et le tic nerveux autour de ses yeux s'était aggravé à un point rarement atteint. Il semblait cependant s'être tiré de cette étrange hébétude qui était la sienne depuis le matin, ce qui m'a soulagée. Je me suis assise à côté de lui et j'ai dit : « C'est cuit, on dirait. » J'ai dit cela d'un air très dégagé et avec une certaine lassitude, espérant que ce ton le calmerait.

236

— Je sais, a-t-il répondu.

— On est allés trop loin.

— Je suis allé trop loin.

— Peu importe qui a fait quoi.

Dany a lancé un regard en direction de notre mère, assise sur une balancelle en bois de cyprès, face à la terrasse, tenant son ventre rond, tournant le dos à ses colonies d'abeilles mortes. Elle semblait perdue dans le souvenir de ces abeilles. Les variations de leur bourdonnement. Leurs fonctions parfaites. Leur profond besoin d'ordre, qui produisait, selon la saison, de la cire ou du miel. Les dernières étaient mortes avant l'apparition des jonquilles et, dans les ruches, une croûte duveteuse avait recouvert les cadres. Une inspection plus attentive avait révélé qu'il s'agissait de leurs corps en train de se décomposer. Meg, cependant, avait tendance à toujours en parler au présent, comme si elles continuaient à travailler, à bourdonner et à piquer ses mains sans protection. Elle portait une robe informe, ample et verte, et ses pieds nus se cambraient à chaque fois que la balancelle la faisait avancer. Même à cette distance, on parvenait à distinguer l'éclat que la grossesse donnait à son visage. Le triomphe. Avec langueur, elle nous a fait un signe de la main. Dany a secoué la tête, incrédule.

— Pourquoi elle ne veut pas nous aider ? a-t-il murmuré.

— Elle pense qu'il ne va rien arriver.

— Mon Dieu.

Il a passé le bout de ses doigts sur les arcades broussailleuses de ses sourcils et a remis ses lunettes. Il m'a regardée, en fronçant les sourcils. Tic bref calmé par la brise. Il a posé la main sur mon bras.

— Tu me détestes ?

237

— Non.

— C'est vrai ?

— Simon n'attendait qu'un prétexte. Si ça n'avait pas été ce que tu as fait, il aurait trouvé autre chose.

— S'il te plaît, Alice, va parler à Meg.

— Ça va servir à quoi ?

— Elle finira peut-être par nous croire.

Dany avait quatorze ans – deux ans de plus que moi – mais il ne comprenait pas ce que moi j'avais compris, qu'il est plus facile de faire sortir des barbelés un chien prêt à mordre que de soustraire une femme à l'emprise de son sauveur. Cependant, pour lui faire plaisir, j'ai traversé la pelouse en direction de ma mère, délogeant moucherons et sauterelles qui s'éparpillèrent dans tous les sens dans des bonds absurdes. Çà et là gisaient dans l'herbe, abandonnés, les accessoires d'apiculture de ma mère : les gants blancs, un voile de Nylon, un outil pour la ruche, un enfumoir retourné à la toile calcinée. À cette époque, les abeilles auraient dû être rassemblées autour du tonneau d'eau de pluie, pour en apporter aux ruches en ébullition. Mais toutes les abeilles étaient mortes. Sauf…

Meg s'est penchée en avant vers moi et m'a montré le dos de sa main.

— Regarde, m'a-t-elle dit, ravie. Une abeille !

Elle se prélassait sur ses doigts, entre les creux roses de ses jointures, faisait le tour et remontait le long de son annulaire jusqu'au diamant de son alliance, se balançant de manière précaire sur la minuscule pierre précieuse, dont la valeur réelle n'avait toujours pas été clairement établie. C'était une abeille sauvage – et pas une des abeilles italiennes de Meg qui parcouraient la campagne en quête de nectar. Néanmoins, elle l'admirait à son doigt comme si son diamant avait soudain grossi.

— C'est ma nouvelle amie, a-t-elle déclaré.

L'abeille était couverte de pollen jaune. Elle a fait encore une fois le tour de l'alliance et s'est envolée. Ma mère a soupiré tristement, parce qu'elle détestait qu'on la quitte.

— Simon va nous tuer à cause de ce que Dany a fait. Je le vois dans ses yeux, lui ai-je dit.

Elle ne m'a pas répondu. Au lieu de ça, elle a pris ma main et l'a appuyée sur son ventre. J'ai senti contre ma paume la pression des coups de pied du bébé.

— Tu le sens ? C'est ton frère.

— Demi-frère. Si c'est un garçon.

— Oh, c'en est un. Simon veut un garçon.

— Tu as entendu ce que j'ai dit, Meg ? À propos de Simon ?

— Simon parle beaucoup. Il aime nous faire peur. Il ira mieux après le dîner, quand il fera plus frais.

— Plus frais ? Ça n'a rien à voir. Même sur la banquise, il manigancerait mon assassinat.

J'ai pris une grande inspiration.

— Tu ne veux pas savoir ce qui s'est passé ce matin ?

— Non.

Meg a prononcé le mot doucement, tristement.

Sous ma main, le bébé a donné un autre coup de pied.

— Il n'y en a plus pour longtemps, maintenant, a murmuré Meg.

— Avant qu'on meure ?

— Chérie... a-t-elle dit d'une voix calme et triste. Il ne va rien se passer.

Elle a repoussé mes cheveux en arrière. M'a attirée vers elle, et j'ai senti son odeur : une douceur immature, comme celle du chèvrefeuille. Elle a bougé le pied, faisant osciller la balancelle. J'ai regardé son ventre. Une brute, ce bébé, c'était sûr. Encore dans le ventre et déjà capricieux. Gêné par la lumière terne filtrant par les parois. La chaleur du liquide amniotique. L'étreinte du cordon ombilical.

Je me suis dégagée doucement des bras de Meg, j'ai quitté la balancelle et suis repartie à travers les herbes.

Dany avait disparu de la terrasse. Il était sûrement dans la chambre, à imaginer le pire. L'abeille sauvage qui avait quitté les doigts de Meg voletait au-dessus de la balustrade. Elle s'était égarée dans sa quête de douceur et humait maintenant la transpiration laissée par la paume de mon frère sur le bois. Je me demandais si elle avait déjà survolé le cimetière d'abeilles silencieux, les cadavres de ses congénères.

J'ai jeté un autre coup d'œil vers Meg. Elle se balançait toujours, en se tenant le ventre.

J'ai abattu ma main sur la balustrade. L'abeille est morte sous ma paume et avec elle toute son effervescence. J'ai abandonné là son cadavre écrasé, avec le pollen sortant d'un estomac et le nectar du second. J'entrais dans la maison en passant par le salon quand Simon m'a appelée. Au son de sa voix, mon cœur s'est serré. Il était allongé sur son siège inclinable, une assiette vide sur les genoux. Les yeux plissés, il inspectait avec la plus grande attention les dents de sa fourchette dans la lumière se déversant par la fenêtre sans rideau. Ses cheveux noirs étaient retenus par un élastique, et si bien tirés en arrière qu'ils laissaient apparaître un grain de beauté près de son oreille, et un autre à la naissance de ses cheveux. Des miettes constellaient son bouc. Il s'est retourné pour me fixer de ses yeux rapprochés.

— Où est ta mère?

— Dehors.

— Quand est-ce qu'on mange ?

— Quand tu veux.

Il a levé les yeux vers moi et j'ai vu le pli au-dessus de son nez. Une ride qui signalait une humeur colérique. Une de ses manches s'était teintée de rouge un peu plus tôt dans la journée. En grimaçant, il a levé le bras, pointant le doigt en direction de la cuisine.

— Il reste du gâteau, là-bas ?

J'ai acquiescé et il a dit :

— Apporte-m'en un morceau.

Je suis allée dans la cuisine, où une goutte de sang restait accrochée à une pêche dans la corbeille de fruits, où deux gouttes avaient séché sur le sol, à côté de l'évier, et où une autre avait coulé comme une larme sur la porte du four blanc. Une giclée de sang avait laissé une marque en forme d'ancre sur le rideau et un petit filet marron persistait encore sur le savon rose.

(à suivre...)

*Cet ouvrage a été composé
par Atlant' Communication
aux Sables-d'Olonne (Vendée)*

Impression réalisée sur CAMERON par

BRODARD & TAUPIN

GROUPE CPI

*La Flèche (Sarthe)
en mai 2005
pour le compte des Éditions de l'Archipel
département éditorial
de la S.A.R.L. Écriture-Communication*

Imprimé en France
N° d'édition : 820 – N° d'impression : 29954
Dépôt légal : juin 2005